[日] 江户川乱步 著
沈熹 译

江户川乱步少年侦探系列

塔上魔术师

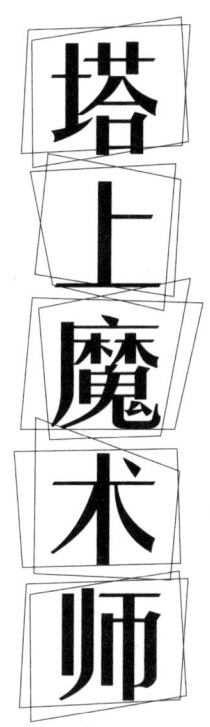

人民文学出版社
PEOPLE'S LITERATURE PUBLISHING HOUSE

图书在版编目(CIP)数据

塔上魔术师/(日)江户川乱步著;沈熹译.—北京:人民文学出版社,2018
(江户川乱步少年侦探系列)
ISBN 978-7-02-012212-7

Ⅰ.①塔… Ⅱ.①江… ②沈… Ⅲ.①儿童小说-侦探小说-日本-现代 Ⅳ.①I313.84

中国版本图书馆 CIP 数据核字(2018)第 027171 号

责任编辑　甘　慧　王皎娇
装帧设计　汪佳诗

出版发行　人民文学出版社
社　　址　北京市朝内大街 166 号
邮政编码　100705
网　　址　http://www.rw-cn.com

印　　刷　山东德州新华印务有限责任公司
经　　销　全国新华书店等

开　　本　890 毫米×1240 毫米　1/32
印　　张　4.75
字　　数　60 千字
版　　次　2018 年 6 月北京第 1 版
印　　次　2018 年 6 月第 1 次印刷

书　　号　978-7-02-012212-7
定　　价　32.00 元

如有印装质量问题,请与本社图书销售中心调换。电话:010-65233595

— 目 录 —

奇怪的钟楼 /1

珠宝盒 /8

可怕的来电 /13

奇怪的预感 /18

晚上十点 /24

四十面相的变装 /27

小林少年的冒险 /31

两个一郎 /36

屋顶上的人 /41

多次变装 /45

少女侦探 /48

红色小丑 /54

地窖　/59

微弱的声音　/65

金光闪闪的房间　/71

四十面相大笑　/77

侦探犬　/80

钟楼上的怪人　/85

表盘　/90

望远镜　/94

白色幽灵　/100

6、5、4　/103

3、2、1　/108

钟楼的秘密　/112

可怕的来信　/117

良子的危机　/124

三个替身　/131

直升机　/143

—奇怪的钟楼—

一天傍晚,大侦探明智小五郎的少女助手花崎真由美与两名可爱的少女手牵着手,散步于田野间。

周围既有田地又有树林,还有流淌在青草边的小河,河上架着一座古朴的桥——在这里散步仿佛置身于乡下吧?其实这里是东京世田谷区的郊外。

真由美身边的少女分别是淡谷纯子和森下敏子,她们上初中一年级,是同班同学。淡谷纯子的家就在这附近,今天是她邀请真由美姐姐和森下敏子过来玩的。

纯子和敏子理科十分好,碰到任何事她们都喜欢通过逻辑思维来解决。

所以她们特别爱看推理小说。每当看到坏人设下圈套，她们都希望能用自己的智慧来破解。

而且纯子和敏子的体育也特别好，她们的运动活力绝不输同年龄的男孩子。她们的梦想就是成为真由美这样的少女侦探。

由于森下敏子的姐姐认识真由美的朋友，所以通过这层关系，敏子和纯子认识了真由美，她们打算一同向真由美拜师。

"你们可真勇敢。不过才上初中一年级是不是有点早了？你们的父母会答应吗？"

"我们的父母都很崇拜明智侦探，所以听说我们想拜明智侦探的徒弟为师，十分赞成。"

森下敏子说完，淡谷纯子接着说：

"我们家以前被偷过珠宝和现金，因为怀疑是自己人偷的，所以没报警。我们找明智侦探一说，他马上就来我们家调查，还一下子就找到了小偷。

"爷爷有个不孝子，是他偷的。爷爷为了包庇儿子，故意瞒着不说。明智先生发现了一切，便劝他悔改。所以我爸爸可崇拜明智先生了。"

两人的态度十分坚定，于是真由美便找明智侦探商量，得到他的首肯，才答应了下来。

不过真由美和她们约法三章：不允许在学校里想破案的事；必须好好做作业；不准参与有危险以及晚上的行动；不能让父母担心自己。

两人成为真由美的徒弟之后，并没有发生什么案件。她们时不时地造访明智侦探事务所，听真由美谈一些寻找线索的方法、解决谜案的手段、碰到危险该如何应对之类的事。

由于她们频繁造访，明智侦探和小林也和她们熟悉了起来。有时，明智侦探甚至会亲自告诉她们一些自己碰到的有趣的案件。对她们来说，明智侦探和小林简直就是偶像。能和偶像交谈，她们开心得不得了。

淡谷纯子和森下敏子现在在田野间和真由美一起散步，这已经是拜师之后的事了。

"马上就要天黑了，我们回去吧。"

真由美说完，淡谷纯子马上接口：

"好的，但我们还想带真由美姐姐去看看树林里奇怪的建筑物，看完再回去吧。看，从这里就能看见，就是那个塔楼似的建筑物。"

纯子手指远处，在树林上方，确实有一座像帽子一样的石板瓦顶建筑物，好像西洋画上的那样。

"原来是一座古楼，为什么会建在这么荒芜的地方呢？"

真由美觉得有些奇怪。

"我听爸爸说，以前日本最大的钟表商'丸传'把自己家建在这里，并在屋顶上造了个钟楼。

"现在这里已经没人住了，但大家都挺害怕这里的，觉得这座房子是鬼屋。才不会有鬼呢，我一点也不害怕。"

纯子不愧是勇敢的少女，她露出了一个灿烂的笑容。

三人边聊边走，不一会儿就走到了树林里。穿过树林，就是钟楼了。

在树林里能隐约看见，那座钟楼外墙的红砖。

走出树林，是一片长满青草的平原，钟楼好似一个怪物，耸立在其间。真是一个奇怪的建筑物，外墙是红砖，两层楼，屋顶上有一座高大的钟楼。

"哇，好大的钟楼。从这里看不觉得，其实表盘直径有五六米呢。指针已经不走了，停在三点，是白天的三点还是晚上的三点呢……"

真由美的脸色好像不太好看，她喃喃说道。

仔细一看，墙体的红砖已经破破烂烂了，有一面墙上长满了青苔。

在屋顶还立着一根圆柱，房子的有些地方凹进去有些地方凸出来，屋顶也分了好几层，好像欧洲的古堡。"丸传"老板一定是个怪人，才会造出这种房子。

由于窗户很小，白天屋子里也一定很暗。虽说这里是空屋子，但指不定什么时候窗边就会出现一张脸，想到这就觉得毛骨悚然。

"回去吧，天快黑了。看，天空已经被夕阳染得通红，真美。"

真由美回头看着天空。

西边的天空红彤彤的很美,在夕阳映照下,红砖显得更红了。

就在这时,森下敏子好像看到了什么,突然惊叫一声。

"快看,钟楼上好像有什么东西在动……"

钟楼上有根避雷针,避雷针旁有什么东西在动。

"是一个人!他怎么会爬上这么高的地方?"

"不对,好像有黑色的翅膀在扇动,不是人类吧,是一只大蝙蝠。"

纯子和敏子你一言我一句,仔细地看着钟楼。

这个黑黑的家伙在钟楼上方站了起来——好大的蝙蝠啊!不,应该是一个人类。他穿着黑色的衣服,罩着黑色的大斗篷。他一只手抓着避雷针,一只手挥动斗篷。从远处看,就像一只大蝙蝠在扇动翅膀。

由于离得远,看不太清他的长相。只知道他戴着一副狐狸眼睛一样的倒三角眼镜,嘴上长着胡子，茂密的头发里有两只白色的角……

长角的蝙蝠男站在钟楼上！难道这座可怕的建筑物里住着这样一个怪人？

怪人在钟楼上挥动斗篷，好像马上就要起飞了。

三名少女看傻了，她们感到害怕了。

"我们快回去吧，别看那个人，快走！"

真由美用颤抖的声音说道。纯子和敏子十分赞同。

"快走吧。"

"嗯，走吧。"

三人小跑着走入树林中，这时，背后传来奇怪的鸟叫声。

"唧唧……唧唧……"

是蝙蝠男在嘲笑三名少女吧？

"太可怕了……"

森下敏子不禁发出了惨叫。

她们好像在被追逐，拼命奔跑着离开了。

― 珠宝盒 ―

这天晚上回到家,纯子和敏子分别告诉了父亲自己见到的怪事,然而两个父亲都不相信有这种事,只觉得那个人可能是修理屋顶的师傅。事情就这么过去了。

真由美那天也把事情告诉了明智侦探,明智侦探十分信任真由美,所以立即给警局的中村组长打了电话,告知了事情的来龙去脉。中村组长第二天便派人调查了那座建筑物,然而并没有任何发现。

过了一个月的某一天,淡谷纯子的父亲淡谷庄二郎开车带着一名书生前往三菱银行,取出一个包裹得严严实实的盒子回到家中。由于是十分贵重的物品,所以平时都存放在银行。

淡谷庄二郎是一家大公司的老板，十分有钱，他最大的兴趣爱好就是收集珠宝。

他拥有价值几千万元的珠宝，放在家里不放心，所以存放在三菱银行的地下保险箱里。

今天，有两位朋友说想亲眼见见传说中的名贵珠宝，于是淡谷庄二郎特地去银行取了出来。他担心路上有危险，于是带了一名书生，而且自己开车亲自去拿。

这两位朋友都是他工作上的合作伙伴，任职于大公司，所以给他们看看也无妨。

淡谷庄二郎打算宴请两位朋友，吃过晚饭再一起欣赏珠宝。当然，纯子和母亲也会一同出席。

淡谷庄二郎拿着珠宝盒回来后不久，纯子去附近的书店买书了。纯子回来的时候，刚走到门口，就看见自家屋顶上有一个可怕的身影。

太阳已经西斜，天空有些昏暗，但还不至于漆黑，隐约能看见屋顶上站着一个黑色的身影。纯子站定了仔细看，只见那个身影突然消失了。虽然只看了几眼，但纯子知道那个家伙！

他就是一个月之前在钟楼上出现的蝙蝠男！

因为当他消失的时候，他身上的黑色斗篷抖动了一下。虽然看不清脸，但他确实戴着一副眼镜，头上长着两只角。

纯子拼命跑进家里，把这件事告诉了父亲母亲。

然而父亲却说："纯子，你是不是小说看太多了？不能看恐怖的小说哦，会胡思乱想的！"

父亲根本不把她的话当一回事。

"纯子最近有些神经衰弱吧，脸色也不好，少看点小说吧。"

母亲也这么说。

没多久，两位客人来了，大家开始吃晚饭。

纯子太担心了，她面前摆着盛宴，却一口都吃不下。

吃过晚饭，父亲领着客人进入书房，在那里欣赏珠宝。纯子出于不安，也在一旁盯着珠宝盒看。

用紫色丝绸包裹着的盒子被摆上书桌。解开丝绸，里面是一个四方形天鹅绒盒子。

淡谷庄二郎拿出一串钥匙，用其中一把打开盒子。

天鹅绒盒子里还装着一个金光闪闪的黄金珠宝盒。这个珠宝盒也上了锁。

淡谷庄二郎小心翼翼地拿起黄金珠宝盒，用另一把钥匙打开了它。

"哇，真美！"

纯子曾见过两三次，但每次见到都不禁发出赞叹声。

黄金珠宝盒里有一个黑色天鹅绒底座，底座上摆着二十四颗五颜六色的珠宝。

璀璨夺目的钻石、通红的红宝石、闪着蓝光的蓝宝石、祖母绿……还有许多纯子喊不出名字的珠宝。

"太美了！"

客人们一边赞叹一边看得出神。

淡谷庄二郎一颗一颗拿出珠宝,告诉大家他买下这些珠宝是多么不容易。

欣赏珠宝大约花了半个小时,纯子在一旁提心吊胆。

刚才出现在屋顶上的蝙蝠男去哪里了呢?会不会已经来到屋子里,正藏在哪里偷看我们?

纯子开始观察房间四周,当她扭头看向面朝庭院的窗玻璃时——

"啊!"

纯子大喊一声,脸色煞白。

"纯子,你怎么了?是哪里不舒服吗?"

父亲吃了一惊,上前抱住纯子。

纯子到底看见了什么?

— 可怕的来电 —

窗外一片漆黑，但好像有什么东西在蠕动，是一个黑漆漆的家伙。

虽然看不太清，但应该就是他！是今天傍晚站在淡谷家屋顶上的家伙！

他穿着紧身衣，用双手挥动着像蝙蝠翅膀似的黑色斗篷，戴着黑色眼镜的脸显得很白。

纯子脸色苍白地看着他，突然双腿发软倒了下去。淡谷庄二郎赶紧上前抱住女儿。

"怎么了？醒一醒！"

"他在那里……"

纯子指着窗外。

"哪有人？窗外什么也没有啊！"

淡谷庄二郎看向窗外，可什么也没发现。

蝙蝠男可能已经躲在院子里的树丛中了。

"今天傍晚，我们家屋顶上站着一个像蝙蝠一样的人，刚才他就在院子里，挥动着斗篷。"

纯子用颤抖的声音说道。

"你在瞎说什么？院子里根本没有人！你一定是出现了幻觉，这个世上根本就没有像蝙蝠一样的人。别瞎想了，来这边。"

庄二郎说着，把纯子拉回书桌旁边。

虽然他嘴上说不信，但心里还是有些担心的。于是他赶紧把珠宝放回盒子里，锁进书房的保险箱。

保险箱用的是密码锁，有一个可以旋转的表盘，上面刻着从 ABC 到 XYZ 的二十六个字母。按照密码的顺序旋转，才能上锁与打开。

庄二郎的密码是"CHUN"，也就是宝贝女儿名字里"纯"字的拼音。

庄二郎按照顺序将表盘转向"C""H""U""N"，

锁上保险箱，回到自己的座位上。

两名客人聊了一会儿，就各自回家了。庄二郎总觉得有些不对劲，于是他继续留在书房里，坐上老板椅开始抽烟。

没多久，房间角落里的电话响了。

庄二郎被吓了一跳，心惊胆战地拿起听筒。

"请问淡谷庄二郎先生在家吗？"

"我就是淡谷庄二郎，请问你是？"

"你女儿纯子知道我是谁，我就是她所说的蝙蝠男，嘿嘿嘿……"

庄二郎的脸色骤变，他悔恨地想，纯子说的果然没错！

"你……你是谁？找我有什么事？"

"没什么事，我只是想问你要你的二十四颗珠宝而已。我知道你不会给我，所以我会想办法自己拿。为了不吓到你，所以我给你打个预防针。对了，给你个时间吧，明晚十点之前，我一定会把珠宝拿走的。

"不管你把守得多么森严都没用,若是你想把珠宝放回银行,那也会发生意外哦。说不定是在去银行的路上……好了,你好好戒备吧,但请你记住,我可是魔法师哦!"

"我知道了,你是先预告再偷东西的贼,你到底是谁?既然有勇气预告,那就请你亮出姓名。再说,不报名字也太没礼貌了吧?"

"你真的想知道我的名字?"

"对,想知道。"

"听完你就会后悔了。"

"开什么玩笑,快说!"

"那我就告诉你吧,你仔细听着,我就是……怪盗……四十……面相!哈哈哈哈哈,看,你吓得说不出话了吧?那么咱们明晚十点见!"

对方突然挂断了电话。

没错,庄二郎的确吓得说不出话了。怎么会这样,怪盗四十面相竟然会亲自打电话来?

四十面相原来叫二十面相,只要他发出预告,就一定会偷到想要的东西。他简直就是一个会用魔法的贼。唯一一个能和他一较高低的人，就是大侦探明智小五郎。

庄二郎曾拜托明智侦探查过案，所以认识明智侦探。他马上打电话给明智侦探事务所。

小林少年接起电话。

"我是明智侦探的助手小林，明智侦探出差去神户了，大约五天之后回东京。请问你有什么事？如果着急的话，我过来跑一趟吧。"

庄二郎有些失望，但小林也是赫赫有名的侦探，总之先请他过来吧。

—奇怪的预感—

天黑了,小林开车来到淡谷家。

庄二郎与小林商量后,决定不把珠宝寄存到银行里,而是继续将其留在书房的保险箱内。书房由淡谷庄二郎、小林少年以及其他自家人轮流看守,他们还拜托警视厅的中村组长,喊了三名警察来帮忙。

第二天一早,小林和三名警察就来了。小林和庄二郎看守保险箱,三名警察在院子里和走廊里巡逻。

因为这样,全家人都知道怪盗四十面相即将来偷盗珠宝的事了。当然,纯子也知道了,那天她在学校一个字都没听进去。

庄二郎没去上班，决定留守书房。纯子去上学了，纯子的哥哥淡谷一郎也去上班了。

淡谷一郎二十五岁，未婚。他从大学毕业后进入父亲的公司，成为一名小白领。庄二郎只有这两个孩子。

下午三点半，纯子放学回到家，一会儿看看父亲和小林看守的书房，一会儿去厨房找妈妈，一会儿跟着警察在走廊上踱步，还不时地来到大门口等哥哥下班。

五点多，大门开了，哥哥回来了。

纯子马上跑出去迎接，等待哥哥换鞋。纯子向哥哥打了个"招呼"。

纯子伸出右手食指，竖着放到鼻子前面，然后眨了三下眼睛。

这是他们两个人的暗号，以这种形式证明两人的感情很好。

要是在平时，哥哥应该马上回礼才是。哥哥的回礼稍微有些不同之处，纯子如果把手指竖着放到鼻子前面，哥哥就应该把手指横过来放在鼻子前面，然后眨三下眼睛。如果纯子把手指横着放在鼻子前面，则哥哥要把手指竖着放在鼻子前面才行。

然而今天纯子做了两次相同的动作，哥哥都无动于衷。哥哥提着公文包，沉默地回到了自己二楼的房间里。

要是在平时，哥哥应该会把公文包交给纯子，由纯子拿上二楼。然后作为奖励，哥哥会从抽屉里拿出巧克力和糖果给纯子。

然而今天的哥哥既没有把公文包给纯子，也没有拿巧克力和糖果给纯子。

纯子跟着哥哥回到房间，而哥哥只是用奇怪的眼神一个劲地打量纯子。

难道哥哥因为知道四十面相要来偷东西，所以害怕得忘了暗号？

"为什么不让我帮你拿包？也不给我奖励！"

纯子不甘心地问道。

哥哥用奇怪的表情反问："什么是奖励？"

难道哥哥连抽屉里有巧克力和糖果也忘了吗?

"打开右边第三个抽屉,今天我想要巧克力!"

听纯子一说,哥哥好像醒悟过来了。

"差点忘了!"

哥哥打开抽屉,拿出一粒巧克力给纯子。

"这是给你的奖励。"

纯子道过谢,走出房间。

纯子一级一级地走下楼梯,走到一半她突然停下了。

好奇怪,哥哥今天不对劲,他什么也不记得了。要不是纯子提醒,他连放糖果的抽屉都不记得了。这到底是怎么一回事?无论多担心失窃,也不至于失忆吧?

就在这时,咚咚咚,哥哥也下楼了。

听到这个脚步声,纯子一下子躲进了楼梯的后面。纯子悄悄地跟着哥哥,来到书房门口。

为什么要偷偷摸摸的?纯子自己也说不清楚。

纯子在楼梯后面看见的哥哥的背影,令她怀疑这个人到底是不是自己的哥哥一郎。

不知为何，在纯子的脑子里，哥哥已经和蝙蝠男的身影合二为一了。

"不会吧……无论四十面相多么会化装，也不可能变得和哥哥一模一样吧……"

纯子想到这里，脸色一下子变得苍白。

纯子在走廊上来来回回地踱步，她不知道自己应该怎么做。

"要是告诉父亲和母亲，他们一定又会说我神经衰弱了。对了，我去告诉小林哥哥吧，小林哥哥一定会相信我的！"

然而纯子又不能这样闯入书房喊小林出来，因为一郎哥哥也在里面。如果他真的是四十面相假扮的，那么他马上就能识破自己的心思。

正当纯子心不定地踱着步，碰巧小林从书房里走了出来。他可能是去上厕所吧。

纯子在走廊上悄悄地喊住小林，在小林耳边悄声说了些什么。

小林听完，皱着眉头沉默了一会儿说：

"你的预感或许是对的，我和他打过许多次交道，所以很了解他。对他而言，化装简直易如反掌。

"好了，我出去一下，马上就回来。他要是四十面相，一定会露出马脚的。你别和父母说这事，你就当什么也不知道，明白了吗？"

小林少年交代完，就从后门走了。

— 晚上十点 —

过了一段时间,小林回来了,他回到书房。这时已经傍晚了,该吃晚饭了。

他们轮流去餐厅吃饭,保证书房里一直有两个人看守。

小林少年最后一个去吃饭,这时已经七点多了。

书房里剩下庄二郎和一郎父子,该说的都已经说了,他们沉默着,只有时钟的走时声听起来特别响。

"我去一趟洗手间,你好好看着。"

庄二郎起身离开。

"明白了。"

一郎回答得很坚定。

危险，太危险了！竟然把奇奇怪怪的一郎单独留在书房！然而庄二郎根本没有怀疑过一郎，就这么走出了书房。

庄二郎不在的这五分钟时间，书房里发生了什么，无人知晓。

庄二郎回书房的时候，只见一郎好端端地坐着，正悠然地抽着烟。

过了一会儿，小林吃完饭回来了。然后直到晚上十点，谁也没有离开过书房。

时间过得真慢。

时钟指向了八点……九点……九点半……九点四十分……九点五十分。

"再过十分钟就是十点了。"

一郎说道，谁也没有接他的话。

大家保持着沉默，绷紧着一根弦，仿佛正在逝去的每一分每一秒都十分可怕。

"还有五分钟。"

一郎又说。

三个人开始互相对视。

这时,一郎站了起来,他来到窗边,打开窗户看向昏暗的庭院。

"没人,看来他不会从院子里出现。"

一郎把窗户锁上,回到了位子上。

当……当……时钟敲响十下,十点终于到了。

— 四 十 面 相 的 变 装 —

已经十点了，但好像什么也没发生。别着急，现在让我们来说说不久之前发生的事吧。

这天下午四点半左右，小白领一郎提前从父亲庄二郎的公司下班，准备回家。他在千岁鸟山站下车，走出车站，马上有个穿着西装的三十五六岁的男人靠了过来。

"你是淡谷一郎吧？我是警察。你父亲说你快要回来了，所以派我们来车站接你。你父亲很担心今晚的事，所以希望你能尽快回家。从车站步行回家要花二十来分钟，所以他让我们开车来接你。"

没穿警服的警察开车来接一郎？这事很诡异吧，但一郎并没有多想，就上了车。

他一上车就发现，车里已经坐着一个人了，那人稍微挪了挪屁股，让一郎坐进去，刚才自称警察的男人也上了车，就这样，一郎左右两边坐着两个素不相识的人。

车子马上发动了，刚开没多久，一郎就发现有什么硬邦邦的东西顶着自己。

"别动，这是枪，你敢出声我就毙了你。"

先上车的男人威胁道。

在狭窄的车里，一郎不知所措，想动也动不了，只能乖乖听话。

没多久，一郎就被蒙上了眼睛，是后上车的男人用布条绑的。

接着是一块手帕，一郎的嘴巴被塞住了，男人还用布条封住一郎嘴巴，在脖子后面打结。

"可能有些呼吸困难，但你忍忍吧。要想保命就老实点。"

说完，男人把一郎的手反绑在身后。

由于看不见，所以一郎不知道车子在开往哪

里。他们的目的地自然不可能是淡谷家,到底是哪里呢?

这两个男人到底是什么来头?一郎一点头绪也没有,难不成,他们是怪盗四十面相的手下?

车子开过一块寂静的平地,来到一座奇怪的建筑物前。这不就是一个月之前纯子她们看见蝙蝠男的钟楼吗?

果然,蝙蝠男就是四十面相,一郎被带到了四十面相的巢穴。

他们下了车,走上台阶进入这座房子。一郎被蒙着眼睛,他闻到一股潮湿发霉的气味,这是一座阴暗寒冷的房子。

不知在走廊上转了几个弯,一郎突然被推进一间房间。

进入房间后,一郎的蒙眼布才被解开,他紧张地东张西望。

这是一间西洋式的房间,以前一定弄得很漂亮,但现在墙上都是洞,也没铺地毯,地上积满灰尘，小小的窗户上装着防护栏。

有一面墙是壁炉，里面全是蜘蛛网，壁炉上面的大镜子已经布满裂痕。

"把绳子解开，脱下他的衣服。"

一个男人向另一个男人发出指令。发号施令的那个应该是头头吧。

就这样，一郎暂时被解开了绳子，脱掉了上衣和裤子，但马上又被绑了起来。这次不仅是手，连脚也被绑住了。一郎躺在地上无法动弹。

—小林少年的冒险—

一郎躺在地上,只见那个头头脱了自己的衣服,换上一郎的衣服。然后头头不知从哪里取出一个盒子,里面装的是像油画颜料一样的东西。头头把盒子放在壁炉上,对着镜子把各种颜料涂在脸上。

过了一会儿,头头突然回头——"一郎,你看我这张脸。"

一郎吓了一跳!那是一张和自己一模一样的脸!这人的易容术实在厉害!

他只是用几把刷子抹了抹脸,竟然就变得和一郎一模一样了!

"我可是变装名人啊,知道吗,我拥有无数张脸。刚才的那张脸其实也不是真正的我，我经常研究新的面孔，所以已经忘记自己长什么样了，哈哈哈哈哈……现在明白了吧，我就是那个令人闻风丧胆的四十面相！"

一郎想喊，但嘴里堵着手帕喊不出声。

原来他就是四十面相，他打算变身成一郎，回到淡谷家偷取珠宝！

一郎总算明白了，可为时已晚。他只好躺在地上，愤恨地瞪着四十面相。

"你就先待在这里吧，过了十点我就会回来放你走。"

四十面相说完就带着手下离开了。他们把一郎所在的房间从外面反锁了。

过了二十分钟，假的一郎回到了淡谷家，并被纯子识破了。

又过了四十分钟，躺在地上的一郎听到门外有脚步声。

一郎以为是四十面相又回来了，于是一脸愤恨地瞪着门。门把手转了转,门被轻轻地推开,有人走了进来。

这时已接近黄昏,房间里很暗。一郎的眼睛熟悉了黑暗,所以能大致看得清对方。

走进来的是一名青少年模样的人,他手持手电筒,但没有打开,可能是在进门之前关了吧。

青少年站在门口东张西望,终于看见一郎躺在地上。青少年走了过来,打开手电筒照向一郎。

"你就是淡谷一郎吧?"

是少年的声音,应该不是坏人。但一郎被堵着嘴,发不出声音。

少年发现了,于是马上替一郎解开布条取出手帕。一郎终于能够大口呼吸了。

"我就是淡谷一郎,请问你是?"

一郎问道。

"我曾经拜访过你家,我是明智侦探的助手小林。"

说完小林把手电筒的光打在自己脸上。一郎记得他，淡谷家曾发生失窃案，当时小林与明智侦探一同前来破案。

"你就是那个小林！"

"没错。"

"你是怎么找到这里来的？为什么知道我在这里？"

"刚才，另一个一郎回到了淡谷家，但是纯子发现他是冒牌货。我料定那是四十面相假扮的，因为他经常使用这一招。

"所以我就在想，那么真正的一郎去哪里了呢？我想起蝙蝠男曾经在这座建筑物的屋顶上出现过，就怀疑是这里。我立刻赶来，但这个房间可不好找。其他房间都没上锁，只有这一个是上锁的，于是我用铁丝打开了这扇门。"

小林简单地说明了情况。

小林听了纯子的话，曾出去了一趟，当时他来的就是这里。

两人小声商量了一些事，不久小林说："那就拜托你了，我接下去还有事，做完那件事就回你们家去。"

"好的，我一定会照你的吩咐办的。多亏了你，不愧是大侦探，谢谢！"

一郎目送小林离开后，穿上了四十面相脱在地上的衣服。

— 两个一郎 —

让我们再次回到淡谷家的书房。时钟已经敲响十下，这是四十面相预告来偷盗的最后时间。

书房里坐着三个人——淡谷庄二郎、淡谷一郎（这是冒牌货，但庄二郎并不知道）、小林少年。他们三人盯着嵌在墙上的保险箱。

"什么也没发生，看来四十面相根本无法穿过重重防线进来偷东西。"

庄二郎似乎放下了心。

"不，他一定会遵守诺言，说不定他已经得手了哦！"

一郎的口气就好像是四十面相的熟人。

"你在瞎说什么，怎么可能！我们三个人可是一直都盯着呢！"

"你是说，三个人？"

一郎仿佛在嘲讽父亲庄二郎。

"是三个人呀。"

"实际上并不是，刚才小林去吃饭了，书房里只有你我二人，而你还留下我去上了次洗手间。"

一郎的语气有些奇怪，他平时不可能如此出言不逊，现在他说话的口气就好像在和平辈讲话。

"其间，书房里只有你一个人。当时发生什么了吗？"

庄二郎着急地反问道。

"发生了哦。"

"为什么不早点说？！到底发生了什么？"

"你打开保险箱就知道了。"

一郎露出险恶的表情。

庄二郎吓了一跳，马上跑到保险箱面前，拨动表盘打开保险箱——

"没了！我的珠宝不见了！"

庄二郎吓傻了。

小林和一郎只是在一旁看着，谁也没有发表言论。房间里一片死寂。

过了一会儿，庄二郎狠狠地瞪着一郎，一顿大骂：

"你为什么不早说！你就眼睁睁地看着四十面相进来偷走了珠宝？"

一郎笑了起来。

"他拿枪对着我，我没办法呀。而且他知道保险箱的密码哦。"

"他是谁？"

"当然是怪盗四十面相，他打扮得像蝙蝠一样。"

一郎坦然地撒着谎。

小林听不下去了，他挺身而出。

"你骗人！满口谎言！怪盗四十面相还在这个房间里，他还没有逃走！"

说完小林狠狠地瞪着一郎。

"哈哈哈,小林,你在说什么?四十面相还在这个房间里?"

一郎觉得很可笑。

"你说,他在哪里?"

"就在这里!"

"哪里?"

小林用食指指着一郎的脸说:

"就是你!你就是怪盗四十面相!"

"哈哈哈哈……小林,你在说什么啊,我可是这家的长子一郎!"

就在这时,门被打开了,站在门口的是真正的一郎,他堂堂正正地走了进来。跟在他身后的是纯子。

两个一郎就这样面对面站着。真正的一郎穿着四十面相的衣服,而四十面相则穿着一郎的衣服。要说谁才是真的,很难判断,不过就着装而言,还是四十面相更像真的。

庄二郎惊呆了,纯子来到庄二郎身边,握紧父亲的手。

就这样对峙了一分钟，四十面相还是输了。不管衣服怎么换，冒牌货是不可能赢的。只见四十面相的脸色越来越难看，他开始动摇了。

"第一个发现的人是纯子，纯子说一郎哥哥好像是假的。我听了之后便去救出了真正的一郎。这家伙是四十面相，他扮成警察引一郎上车，随后把一郎关在了钟楼里。而他自己则化身成一郎来到淡谷家。"

小林正义凛然地说道。

庄二郎终于明白了这一切。

四十面相也很吃惊，小林的行动令他不得不佩服。四十面相只好下定决心——

"哈哈哈，各位，别了！"

刚说完四十面相就跑到窗边打开窗户跳入了庭院里。

庭院里有警察看守，说不定还有其他人。

四十面相为什么打算从庭院逃走呢？

—屋顶上的人—

小林一看四十面相要跑,立刻拿出少年侦探团的七件宝之一的口哨,吹了起来。小林这么做是为了通知屋外的警察四十面相要开溜了。

在漆黑的院子里巡逻的三名警察一听哨子声,立刻奔向窗边。

"四十面相假扮成一郎偷了珠宝,他刚刚从窗边逃走,应该还在附近,大家快抓住他!"

小林喊道。

然而三名警察对视了一眼说:

"奇怪,我们是从三个方向过来的,如果从这里逃走,应该会碰上我们之中的一个才对。但一路上我们并没有见到可疑的人啊,难道他躲在树后面了?"

警察觉得很奇怪,于是打开手电筒分开寻找。

在树丛中找了又找,可哪里也没有四十面相的身影。四十面相难道使用了魔法消失不见了?

这时,一名筋疲力尽的警察突然抬头。

"在那里!快看!"

在二楼的屋顶上,站着一个可怕的身影。借着路灯微弱的灯光,依稀可见他的轮廓,那不正是蝙蝠男吗?!

四十面相什么时候又扮成了蝙蝠男,爬上了屋顶?

他是怎么爬上去的?后来人们才发现,原来四十面相早就从屋顶上垂下一根绳子,他跳出窗口后马上抓住绳子爬上了屋顶。

"快看,他拿着珠宝盒!"

只见四十面相把紫色丝绸包裹着的盒子夹在腋下。

"唧唧……唧唧……"

空中传来怪盗的笑声。他一定是在嘲笑院子里瞎忙活的警察。

警察都蒙了,要想抓住四十面相,必须先架梯子爬上一楼屋顶,再架一个梯子爬上二楼屋顶。但四十面相诡计多端,万一警察正拼命往上爬,他则顺着下水管下来了怎么办。而且房子背面也有下水管,根本看守不过来。

"快打电话叫支援!这里只有我们三个,人手不够。"

一名警察跑进屋内去打电话了,另外两名警察抬头看着屋顶,就在这时——

只见屋顶上飞下来一个黑色的物体!一只巨大的蝙蝠扇着翅膀从警察的头上飞过。

警察吓了一跳,马上匍匐在地上。

从屋顶飞下来的蝙蝠男又升上了空中。

是秋千原理!四十面相抓着绳子从屋顶上跳下来了!

淡谷家的院子里种着一棵大树,树的顶部分叉成两根树干，一根是横着的。四十面相把绳子绑在这根树干上，绳子的另一头放在屋顶，他就是抓着这根绳子飞下来又飞到对面去的。

四十面相飞过警察头顶的时候正好位于最低点，他马上又飞到了对面的围墙上。围墙外面是马路，他一到围墙上就放开绳子，跳到了围墙外面去。

蝙蝠男在化身成一郎之前就多次潜入淡谷家，偷偷爬上屋顶，再偷偷窥视书房的情形。就这样，他早就准备好了一切。

—多次变装—

蝙蝠男跳出围墙,来到马路上。马路的一侧是淡谷家,另一侧是平地。平地上种满了树,十分茂密。

蝙蝠男躲到一棵树后面,没多久,从那棵树后面走出来一个老爷爷。

老爷爷戴着鸭舌帽,穿着松松垮垮的外套,围着围巾,年龄接近六十岁。他的脖子上挂着一根绳子,绳子上串着手电筒和梆子,看上去像是打更人。

各位读者应该知道,这位老爷爷是四十面相假扮的。他早就把变装道具放在树后面,一眨眼工夫,就变身成了打更人。

三名警察从淡谷家大门口冲出来,在这一带东找西寻。

变身成为老爷爷的四十面相从树丛里走出来,靠向警察。

"天干物燥,小心火烛……"

老爷爷打着梆子,慢悠悠地走着。

"喂,老爷爷,你有没有见着一个穿着黑色斗篷的家伙?"

警察赶紧问道。

"黑色斗篷?"

老爷爷停下脚步,用沙哑的声音反问道。

"对,那个家伙是四十面相!他刚刚从围墙上跳下来。他穿着一件大斗篷像蝙蝠似的,你看没看见?"

"看见了,原来是他。他抖动着斗篷向那边跑去了,速度很快,就是那个方向……"

打更人指着身后,回答得很诚恳。

"好嘞,咱们快追!"

警察们马上向那个方向跑去。

打更人见了,偷偷地露出一丝笑容。他的变装十分成功。

现在还不能放松警惕,万一警察察觉了又折回来怎么办?老爷爷环顾四周后又回到了刚才的那棵树后。

树后面藏着蝙蝠男的斗篷、带角的假发、偷来的珠宝盒以及另一套变装。

四十面相赶紧脱去打更人的衣服,换上另一套,再用刷子抹了几下脸。

这次从树后面走出来的是穿着挺括西服,戴着礼帽的绅士。他戴着华丽的眼镜,留着两撇小胡子。

绅士腋下夹着珠宝盒,朝刚才指的反方向走去。不一会儿他来到一条大马路上,他招了一辆出租车,驶向了远方。

—少女侦探—

过了十来分钟,三名警察灰头土脸地回到淡谷家。由于跟丢了蝙蝠男,所以他们打算赶紧联系警视厅,在整个东京部下天罗地网。

他们跨进大门,来到玄关处时,突然发现树丛里有个黑黑的人影。

"看,那里有个奇怪的身影。"

三人走入树丛里。

"喂,你是谁?"

警察追着人影大喊一声,只见那人突然停了下来,于是一名警察便扑上去将其制服。

对方没有任何抵抗,一动不动。

咦,怎么好像是个女孩?

"你是四十面相的手下吧？你在这里做什么？！"

一名警察打开手电筒，照亮对方的脸。

这才看清了全貌，原来是一个矮矮小小的人，戴着帽子，穿着宽大的西装，灰色的裤子，手里拿着一个用围巾包裹着的盒子。

警察一见那个盒子，马上惊叫起来。因为那个盒子和被盗的珠宝盒一般大小。

警察马上质疑起这个人。

四十面相该不会是故意让人们以为他逃跑了，其实还藏在这里吧？他可是化装高手，很有可能变身成这样一个角色。总之，先确认一下盒子吧。

一名警察突然夺下这个盒子。

"果然没错！"

这是一个金光闪闪的黄金珠宝盒。盒子上着锁，虽然不能打开，但和淡谷家的珠宝盒一模一样。

"你就是四十面相吧！快说！"

警察逼问道。谁知这个人突然抬起头笑了起

来，这张脸虽然有些脏，但看上去温柔可人。四十面相能变出这样的脸吗？

"我不是的。"

是女孩的声音。

"怎么可能！如果你既不是四十面相也不是他的手下，那你怎么解释这个珠宝盒？别以为你用女孩的声音讲话就能蒙混过关！"

听完警察严厉的质疑，这个人突然大笑了起来。

"哈哈哈，我真的是女孩，小林让我女扮男装躲在院子里，我是明智侦探的助手花崎真由美呀！"

"你说什么？！"

警察简直不敢相信。

"小林应该还在吧？你们把他喊出来就知道了，我和他都是明智侦探的助手。"

由于看上去不像在撒谎，一名警察进屋叫来了小林，庄二郎、一郎、纯子也一起跟来了。

原来是因为纯子还不困，一直缠着庄二郎，而她一听说真由美在院子里，便硬拉着父亲一块出去了。

"真由美！大家别慌，她的确是明智侦探的助手真由美。"

小林如此告诉警察。

"原来如此。那这个珠宝盒是怎么回事？"

警察一问，真由美便果断地回答说：

"两个小时前，小林给我打来电话，说希望我能够躲在淡谷家的院子里仔细观察书房里的情况。我们是瞒着大家的。

"有一段时间小林离开了书房，而且庄二郎先生也不在，书房里只剩下一郎。

"只见一郎打开了保险箱，取出了那个用紫色丝绸包裹着的盒子。我已经听小林说了，这个一郎是四十面相假扮的，所以并不惊讶。

"一郎拿起珠宝盒跳出了窗户，我马上躲进了树后面。他把珠宝盒藏进了比较茂盛的草丛里，又从窗口回到了书房里。随后他装作什么事也没发生一样，等待着庄二郎先生回来。

"我突然想到一个点子——听说这个珠宝盒是双层的,在普通盒子的里面还装着一个黄金珠宝盒,如果我把黄金珠宝盒偷偷取出,再将外面的盒子重新用紫色丝绸包上,四十面相应该不会发现,他一定不知道自己是带着空盒子逃跑的。

"为了确保重量不变,我取出黄金珠宝盒后,放了一块石头进去。

"接着就发生了那一出闹剧。四十面相从窗口逃脱,拿起事先藏好的珠宝盒,顺着绳子爬上了屋顶。

"我无法阻止他,本想偷偷找到在院子里巡逻的警察,但警察已经和四十面相展开了对峙。接着四十面相抓着绳子飞上了围墙,警察也快速跑出去了。以我的速度根本追不上警察,所以我打算在这里等待警察回来。

"虽然让四十面相给跑了,但起码保住了珠宝,这样一来警察也不会太难交差。

"庄二郎先生,请你检查一下这个珠宝盒吧。"

说完,真由美让警察把黄金珠宝盒交给庄二郎。

庄二郎从口袋里取出钥匙,打开珠宝盒,二十四颗五颜六色的珠宝完好无损地摆在天鹅绒底座上。

"太好了,谢谢你真由美。"

庄二郎紧紧地握住女扮男装的真由美的手。

"真由美姐姐,太感谢你了!"

纯子抱住真由美,不住地感谢她。

── 红 色 小 丑 ──

过了一个月左右,有两名少女坐在淡谷家附近的草坪上聊天。

这天天气很好,天上连一朵云都没有,下午四点,太阳西斜,金色的阳光照着草坪,蜉蝣在草丛间爬来爬去。

两人坐着的草坪前,有一片树林,树林里面就是那座钟楼,那座有蝙蝠男的钟楼。

钟楼下面是以前日本最大的钟表商"丸传"造的房子,淡谷一郎曾经被四十面相关在其中一间里。

边看钟楼边聊天的少女一个名叫淡谷纯子,她已经是侦探花崎真由美的徒弟了,另一个是纯子的同学园田良子。良子的父亲十分有钱,但品位有些独特，他见了这座钟楼建筑物竟然很喜欢，而且买了下来打算自住。

园田家稍微修复了一下建筑物的红砖墙，保留了古色古香，但对房间内部进行了大翻修，现在已经十分适宜居住了。钟楼也请专家修过了，现在走时很准。

就这样，大约在一周之前，园田家搬了过来。

园田家有三个孩子，良子还有一个读高中的哥哥，以及一个读小学的弟弟。良子转学到纯子的学校后，两人马上就成了朋友。

这一天，纯子先去良子家玩，在回家的路上她们又坐在了草坪上聊天。

这是纯子第一次把四十面相的故事告诉良子。纯子不想吓坏良子，所以一直没说，今天终于忍不住了，便把四十面相来偷珠宝的事和盘托出。

没想到，良子的反应竟然是："这事我听爸爸说过，而且我爸爸买这座房子的时候，有很多人劝他别买，但爸爸听说了四十面相的事，反而觉得住在这种房子里很有意思。于是爸爸买了下来，并请装修工人好好地翻新了内部，所以我们一点也不担心会有什么问题。"

听良子这么说，纯子由衷地感到佩服：良子真勇敢，真想让她一起加入真由美姐姐的侦探团。

"你知道吗，我是明智侦探事务所的花崎真由美的徒弟。"

纯子把拜师的情况、明智侦探如何教育自己、小林少年是一个怎样的人，统统告诉了良子。

"真厉害。我一直很崇拜明智先生，我也想成为他的徒弟。"

"那么我去替你说一下情吧，我去求真由美姐姐，她一定会答应的。你也加入我们少女侦探团吧！"

"太好了，只要一想到我能见到明智侦探和小林少年，就好激动！"

两名少女聊得正欢，完全没有发现自己眼前的钟楼上正发生着一件怪事。

还是纯子先看到，在钟楼上有什么红色的东

西,她使劲眨了眨眼,仔细看过去。

"哎呀,良子,你快看,那是什么?"

"咦,这好像是小丑吧?怎么会站在那里?我家没请小丑来呀。"

良子吃了一惊。

这怎么看都像是一个小丑。他戴着红色的帽子,脸上涂得雪白,穿着一件红底白色圆点的小丑服,这个小丑正站在钟楼上,抱着避雷针。

离得太远了,看不清他的表情,但小丑好像正对着两名少女在笑。

"真奇怪,我家可没有这样的人,他是从哪来的,又是怎么爬上去的?"

良子好像很害怕,她紧紧握住纯子的手。

只见更奇怪的事情发生了——小丑竟然爬上了避雷针的顶部!

随后,小丑好像杂技团演员一样,用肚子顶着尖锐的避雷针,放开双手双脚,让身体不停打转——这就像一只小乌龟趴在筷子上。

"这个人竟然用肚子顶着避雷针……"

"他一定是在肚子上缠了一圈铁片,铁片中间有个凹槽,将凹槽顶着避雷针。我以前在杂技团见过。"

接着,这个红色的小丑越转越快,简直就像一个红色的风车。

到后来已经看不清避雷针上的小丑了,只知道有个红色的东西在不停转动。

"好可怕,我总觉得接下来会发生什么事。我先回去了,我要让爸爸调查一下。"

"好的,我送你吧。"

两名少女站起身,手牵着手走入树林中。

当她们来到钟楼前时,小丑已经不见了。

"咦,小丑呢?怎么不见了?"

"可能偷偷潜入家里了吧,快通知你父亲!如果需要支援,你马上给我打电话,我家里有爸爸和哥哥。好了,我回去了。"

说完纯子就匆匆跑回家。

— 地 窖 —

纯子穿梭于树林间。先前是蝙蝠男出现在钟楼上,这次是红色的小丑,纯子觉得这一定是什么阴谋的前兆。

纯子越发觉得刚刚搬来的良子很可怜,良子家可能会发生危险。

"那座房子果然不吉利,不管怎么翻新也不行啊!"

纯子边想边快步向前。

突然,前面的树林里出现了一个红色的身影!

纯子停下了脚步。

是他!没错,就是刚才在避雷针上的小丑!

纯子想跑,但来不及了。红色小丑慢慢地来到纯子身旁。

"嘿嘿嘿……你就是淡谷纯子吧？我是马戏团的小丑，我会杂技，还会变魔术。嘿嘿嘿……你要不要看我表演？马戏团就在这附近，我给你特等座，走吧。现在离晚饭时间还早，待会儿我送你回去，嘿嘿嘿……"

小丑白皙的脸上只有鼻子和嘴巴涂成了红色。他的睫毛好像是假的，很长，像洋娃娃一样。他咧开红色的嘴唇，嘿嘿笑着。

"我有事，我现在就要回去了。"

纯子强忍住恐惧，断然地拒绝了他。

"别这么说，来看吧，很精彩哦！大象啦猴子啦都会出来表演，还会在空中翻腾。走吧，车正在附近等着呢，上了车一会儿就到。"

小丑的这张奇怪的脸一下子凑近到纯子面前，纯子闻到了一股烟味。

小丑长长的睫毛、大大的眼睛不停闪着光，纯子看着看着好像中了邪。

纯子就像一只被猫逮住的老鼠，已经无处可躲。

在树林外头的平地上，一个人也没有，只有一座孤零零的自家楼房。纯子不管如何呼救，都不会有人来救她。

背后是良子的家，有一百来米距离，但声音无法穿透红砖抵达良子的耳朵里。

尽管知道，纯子还是不住地呼救。

"救命……救救我……"

于是小丑用戴着手套的手捂住了纯子的嘴。

"不许叫，再叫我就不客气了！跟我走吧，带你见识见识有趣的马戏。"

小丑抱起纯子，飞奔起来。

跑出树林，只见一辆汽车在路边等候着。

小丑把纯子扔进汽车后座，自己也坐进去，随后重重地关上门。

"很顺利，走吧！"

司机一定是小丑的同伙，他马上启动汽车。

"接下来要开一段路，可能得让你吃点苦头，忍忍吧。"

说完小丑用手帕堵上纯子的嘴，再绑上布条。接着用黑色的布条遮住她的眼睛。

"不绑手的话，你就能解开眼罩了。"

小丑又绑上了纯子的手。

车子转了好几个弯，越开越远。纯子什么也看不见，根本不知道自己身处何处。过了三十来分钟，车子终于停了。

"到了，现在我们要走进去，但你蒙着眼睛看不见，我来抱你吧。"

小丑把纯子抱下车，走进了某个建筑物内。

纯子听到了开门和关门的声音，她觉得自己好像正在下楼，莫非是去地下室？在狭窄的走廊上走了一段路，又听到了沉重的开门声——这好像不是拉门，是移门？

纯子闻到了一股发霉的味道。

看来果然是地下室。

"到了,这里是漆黑的马戏团,你尽管做美梦吧。"

小丑给纯子松了绑,解开眼罩拿出嘴里的手帕。

这是一个混凝土结构的房间,层高很低,也很小。在房间一角有一张长椅,上面盖着毛毯。虽然没灯,但地板上点着一根蜡烛。

蜡烛的光从下方照亮小丑的脸,显得很可怕。

小丑红色的嘴唇一开一合。

"你就待在这里吧,不会吃什么苦的。我打算把你藏在这里哦。

"这里虽然没有床,但那里有一张长椅,上面有毛毯。你就在长椅上睡吧。洗手间在窗帘后面,水也十分充足。这里有一箱蜡烛,还有火柴。

"不用担心饿肚子,我一天会让人送三次食物过来。你就做着美梦,好好休息吧!"

小丑很"亲切"地告知了生活细节后,便笑着离开了。

门被重重地关上,随后是上锁的声音。纯子被独自一人留在寂静的房内。

纯子觉得，无论多孤单，总比小丑在自己身旁要好。

"为什么我会被关在这里？"

纯子怎么样想不明白。

纯子坐在椅子上，椅子很软很舒服。纯子把脚也放在椅子上，抱着腿使劲思考。

就在这时，地板上有东西在动。

原来是一只老鼠。

老鼠见着人也不怕，肆意走动。不一会儿又出现了一只，一只接着一只，一共有四只老鼠。它们是从墙上的一个洞穴爬出来的，纯子见了很害怕，不禁大叫起来。

—微弱的声音—

　　再来说说良子。她回到家中，突然开始担心起纯子来。

　　良子来到二楼的房间，透过窗户看着树林底下。

　　良子看见纯子在走路，但隔得很远，纯子看上去就像玩具那么大。看着看着，良子突然发现，有一个红色的身影正在慢慢靠近纯子！

　　"是刚才的小丑！他抓住纯子了！怎么办，他要把纯子带去哪里？"

　　良子想马上过去帮助纯子，但离得这么远，一定来不及。

　　"小丑把纯子抱了起来！怎么办，有没有好心人会经过这里，有没有人能帮帮纯子……"

良子急得直跺脚，但无计可施。

良子发现，树林外停着一辆车，抱着纯子的小丑在往车子方向跑。

小丑和纯子都上了车，车子开走了

看到这里，良子马上走下楼梯，来到有电话的房间里给淡谷家打了电话。

"喂，我是园田良子，纯子出事了！我想找纯子的家长！"

纯子母亲马上接起了电话。

"不得了，纯子刚刚被一个小丑给抓了，她被推进车子不知带去哪里了。车子在往南边开，但我没能记住车牌号……"

纯子母亲听了，吓了一跳，问了良子许多细节，良子仔仔细细地告知了一切。

淡谷家一片哗然。父亲和哥哥都从公司赶回来了，他们马上报了警，还通知了明智侦探事务所。

终于，东京进入警戒状态，每条路上都在检查车辆。可是怎么找，也找不到载着纯子的那辆车。

这天晚上，园田良子躺在自己的床上，她十分担心纯子，怎么也睡不着。刚一睡着，就做噩梦被吓醒。

良子看了看时间，已经十二点多了。

"咦，怎么好像有声音？"

良子静下心来仔细听。

在很远的地方，似乎有人在求救。

"好可怕，救救我……有人吗……快来救救我……"

声音小得几乎听不见，但确实是一个女孩子在求救。

良子从床上起身，打开窗子，窗外是一片漆黑。

现在又没声音了，一开窗就听不见了。

良子觉得很奇怪，关上窗坐回床上，谁知又听到了刚才的声音。

"也就是说，不是从外面，而是从家里发出的声音？"

良子觉得这个声音好像是从地底下传来的，她把脸贴在地毯上仔细听。

"救救我……快来救救我……"

听得比刚才清楚许多。

"难道说……是从地下室里传来的?"

良子马上走出房间,敲响了隔壁哥哥的房门。

可是,怎么敲也没人应声。哥哥一定睡得很死——良子转动门把手,门开了。

良子使劲晃动睡在床上的哥哥。

"哥哥,不得了,我听到有个女孩子在求救,好像是从地下室里传来的!"

哥哥园田丈吉是高中一年级学生,丈吉和良子一样,也很爱玩侦探游戏。

丈吉揉着眼睛听完良子的话,马上从床上一跃而起,拿出手电筒说:

"我们去地下室看看,良子也一起吧。"

哥哥走出了房间。

"哥哥真勇敢!"

良子紧紧跟在哥哥身后。

地下室的入口在后门附近。他们打开门，走进混凝土结构的地下室。

地下室有两个十平方米的房间，一个藏着许多酒，另一个堆着许多废弃的桌子椅子，还有许多大大小小的木箱。

他们点亮手电筒，把桌子底下、箱子里都找了个遍，但没有任何发现。

"真奇怪，难道说不是地下室？"

"可我确实听到声音是从地下传来的。嘘，我们再好好听一听。"

两人屏住呼吸，仔细聆听，可是什么声音也没有。

地下室里一片寂静，良子开始有些害怕了。

"哥哥，我们走吧，刚才一定是我听错了。我一定是把风声当作人的声音了。"

"搞什么！害得我睡到一半被你叫醒……"

"但是……我还是觉得那应该是女孩子的求救声。有没有可能是纯子在喊？纯子被坏人抓了，她的声音通过电波传了过来……"

"有可能,这可以算是心灵感应吧。因为你很担心纯子,所以和她产生了心灵感应。所以我们现在是在白忙,因为纯子根本不在这里。"

两人回房间睡了,良子还在纠结,自己听到的声音真的是心灵感应吗?

—金光闪闪的房间—

第二天,纯子依旧下落不明。警察在四处搜寻,明智侦探也让少年侦探团以及别动队全体出动,但没发现任何线索。

从前一天开始,纯子的父亲打了许多电话请求大家协助搜索。在这天十二点左右,庄二郎接到一通电话,他本以为是谁有消息了,很兴奋地拿起电话,不料却听到一个喑哑的声音。

"淡谷庄二郎在吗?"

"我就是,请问你是?"

"关于你女儿纯子的事,我想和你谈谈。"

"纯子?你知道她被关在哪里?"

"我知道。"

"谢谢！请告诉我她在哪里，还有你是哪位？"

"她在我手上。很抱歉，我不能告诉你具体地点。"

"你说什么？你到底是谁？"

"你猜不到吗？嘿嘿嘿……我就是那个差点偷到你珠宝的人哦！"

庄二郎吃了一惊——是他绑架了纯子？

"你……你是四十面相？"

"没错。"

对方显得很镇定。

"你为什么打电话给我？是想要赎金吗？"

"我不要钱，我只想要珠宝。若是平时，一旦失手，我便不会强求，但你的二十四颗珠宝却始终萦绕在我的心头。为了让你交出珠宝盒，我带走了纯子，但我没有虐待她，你放心。我每天都给她饭吃，让她住在某个地方。只要你肯交出珠宝盒，随时都可以带走纯子。"

"好，你说，怎么把珠宝盒交给你？"

"你家以南半公里处有一个八幡神社,今晚十点,我在鸟居下等你。你带着珠宝盒,千万不要胡来哦,记住,是十点。你可以通知警察,但只能一个人来神社。不要坐车,走过来。你要是敢带谁一起来,就永远也别想再见到纯子了!"

"我知道了,十点我会带着珠宝盒去鸟居下面,你把纯子带来。"

"纯子可不能带去,你可能会让警察躲在树丛里偷袭我……我会带你去一个安全的地方,我们在那里做交易。"

"好,一言为定。"

"对了,顺便告诉你一声,不用查我在哪里,我是用公共电话打的。"

四十面相挂断了电话。

庄二郎马上打电话喊儿子一郎回来,开了个家庭会议。他们认为不管珠宝多珍贵,也比不上纯子,所以他们决定照四十面相所说的做。

随后庄二郎打电话给明智侦探,请他马上过来一趟。明智立刻带着小林坐车过去了。

庄二郎请二人进入书房，谈了三十分钟左右，散场时三人的表情都十分开朗。

看来他们有了一个万全的计划。

当天晚上十点，庄二郎挟着珠宝盒，独自一人来到八幡神社。

神社里的树木很多，只亮着几盏路灯，所以几乎看不清什么。

庄二郎来到鸟居下面，四下张望，这时刚好十点。

突然，从树林里一下子出现一个身影，一个穿着西装，戴着黑色鸭舌帽的男人在靠近庄二郎。他就是四十面相。

"请随我来，我让车停在那边了。"

男人轻声说完，拉起庄二郎的手。

庄二郎被拖着来到了神社外面，一辆汽车关着车灯等候在路上。

当四十面相和庄二郎在神社相遇的时候，有一个娇小的身影靠近过这辆车，躲进了车底下。

车上坐着司机，但司机一直目视前方，所以不清楚车底下发生了什么。

这个娇小的男子是什么来头？他为什么要躲在车底下？

对了，说起他这个身材，各位看官，有没有想起些什么？

他看上去应该还是个孩子——一个穿着黑色衣服的少年在车底下干什么？在以前的几本少年侦探团的故事里，好像有相似的情节？

四十面相见庄二郎一上车，就拿出了一块黑色的布条。

"我得蒙上你的眼睛，因为不想败露自己的老巢。"

说完，四十面相给庄二郎遮住了眼睛。

车子一会儿向右一会儿向左，开了三十分钟左右，终于停下了。

"到了，但还不能解开眼罩，我会拉着你走，别出声。"

庄二郎下了车，抱紧珠宝盒，被四十面相牵着走。

穿过草地，下了楼梯，有一种来到了井底的感觉。

"这应该是通往地底的楼梯，我们在往地下室走。"

庄二郎在心中想着。

走完了楼梯是平地，但感觉好像在隧道里，不停地转弯，终于听到了开门的声音，他们来到了一个房间里。

"好了，我帮你拿掉眼罩。"

四十面相为庄二郎解开布条。

庄二郎眨着眼睛环顾四周，由于这间房间太过华丽了，他吓了一跳。

墙壁、地板、桌子、椅子全闪着金光，天花板上吊着一个有几百颗水晶的水晶灯，璀璨无比。

一面墙壁上有一整排玻璃橱，里面摆满了雕塑、西洋古董、胸针、手镯，还有许多放着珠宝的盒子。其中最夺人眼球的是一顶王冠，金色的底座上镶嵌着无数珠宝，庄二郎简直看傻了眼。

— 四十面相大笑 —

四十面相站在这个金光闪闪的房间的金光闪闪的桌子边，不住地笑着。

"淡谷庄二郎先生，你可真勇敢，真的一个人带着珠宝过来了。如果你让警察或私人侦探跟踪我，我是不会把纯子小姐还给你的。幸好你遵守了承诺，所以我也会把你女儿还给你。"

四十面相说得好像自己在做正经生意一样。

"你当然得把我女儿还给我，这些可是我花了三十年时间收集的珠宝，你要是不归还我女儿，哪怕丢了这条老命我也要和你拼了！"

庄二郎的口气十分坚决。

"哈哈哈哈哈……请放心，我一定会把你女儿还给你的。我马上带她过来。"

这时,一个像是四十面相下属的男人跑了过来。

"不好了,出事了!"

下属看了看庄二郎,来到四十面相身边小声嘀咕了几句。

听完,四十面相大惊失色,他狠狠地瞪了庄二郎一眼后,和下属一起离开了房间。

庄二郎十分担心,四十面相为什么要这样瞪自己呢,一定是发生了什么意想不到的事。一想到如果四十面相不肯归还纯子,庄二郎就急得不行。

过了十分钟,四十面相终于回来了。太好了,他把纯子一起带了过来。

"爸爸!"

纯子边哭边扑向庄二郎,庄二郎抱起纯子,激动得说不出话来。

纯子穿着被绑架时候的衣服,衣服已经皱了,她一定是穿着这身衣服睡觉的。纯子的脸色很差,好像瘦了不少。

不过现在已经没事了,纯子终于回到父亲身边了。

就在这时,响起一阵笑声,是四十面相在笑。

"哈哈哈哈哈哈……实在是太有意思了!

"哈哈哈哈,庄二郎先生,这事应该和你没关系,请放心。你把珠宝给我了,所以我把纯子还给你。你可能不知道,明智侦探做了件坏事哦,然而我四十面相岂会不知道?你要是见到了明智,请替我转告他:别当我四十面相是傻子!明智该哭了吧,哈哈哈哈哈……太有意思了!"

庄二郎完全不知道四十面相在笑什么,他只要见到纯子就好了,所以没有多嘴。

接着,庄二郎和纯子被蒙上眼睛,坐着四十面相手下的车回到了淡谷家。母亲和哥哥见了纯子,高兴得手舞足蹈。

—侦探犬—

第二天早上,明智侦探的少年助手小林芳雄带着一条狼狗前往八幡神社。

这是一条名叫"五郎"的侦探犬,它能够凭一些微弱的气味追踪犯人。这条狗是明智侦探朋友的,每当碰到难题,明智都会向朋友借狗。这天由小林少年带着狗出来找人。

小林让车停在八幡神社前,然后带着狗下车,来到前一晚四十面相停车的地方。小林打开一团报纸,里面是浸满煤焦油的布块。

小林让五郎好好地闻这个味道。

"就是这个味道,明白吗,追踪这个味道!"

说着小林拍了拍五郎的脑袋。

小林抓着牵狗绳，跟着五郎走起来。

五郎不停地闻着地面，终于发现了相似的气味，向前冲出去。

小林牵着绳子，马上跳上车，让司机跟着五郎开。

五郎一边闻着味道一边向前跑，汽车慢慢地跟在后面。

这究竟是怎么回事？

仔细一瞧，原来五郎追踪的是地上的一条线——这条线应该是有味道的。

这条线究竟是什么呢？

之前提到，有一个体格很小的人躲在四十面相的车底下，其实这个人是小林少年。

小林拿着装满煤焦油的瓶子躲在车底下，把瓶子固定在了车上。这个瓶子底下有一个小孔，通过这个孔，煤焦油滴在地上形成一条线。

五郎追踪的，正是煤焦油。

这天小林很早就来了，可是这条线被人踩了又踩，还被车轮子压过，已经看不清了。但侦探犬的鼻子很好，它能够闻出来，所以小林才带上五郎一起来。

开车跟踪很容易被人发现，所以小林经常采取这个方法。以前小林也曾用过相同的方式跟踪四十面相。

由于孔开得小，瓶子里的煤焦油不容易滴完，撑个三四十分钟应该没问题。

五郎一会儿向左转一会儿向右转，幸好这里不是闹市区，五郎总能找到气味。

车开了三十来分钟，因为五郎辨别方向需要时间，所以车开得很慢。

"咦，真奇怪，怎么又回到原处了？怎么还是在淡谷家附近？我明白了！四十面相一定是让人误以为开了很多路，其实一直在这附近打转。他的老巢一定就在这附近！"

小林大致已经猜到了四十面相的套路。

果然，五郎正在向淡谷家跑过去。地上不可能有其他人做的煤焦油标记，所以五郎应该没找错。

眼看着五郎就要到淡谷家了，它越走越近——终于来到了淡谷家门前！

五郎想进去，小林只好下车跟着走进去。

绕过房屋，来到后院，只见五郎停在了一棵大树下。

仔细一瞧，树底下有一个空瓶子！

小林惊叫一声，这不就是放在四十面相车底下的煤焦油瓶吗？

瓶子上方有一个信封，信封外面用红色的丝带扎了一个蝴蝶结。

小林赶紧打开信封，里面是一张打印纸：

明智，别胡闹了，想用煤焦油找到我，简直是异想天开！我绝不会让你找到的，别了！
四十面相敬上

小林读完，苦笑了一下。

四十面相真是个坏心眼的家伙，他一定是擦掉了真正的煤焦油轨迹，故意在淡谷家的院子里滴上一条引自己过来。

　　小林将这件事告诉了淡谷庄二郎。庄二郎来到院子里看到了这一切，纯子觉得事情和自己有关所以也来到了院子里。

　　"原来如此，难怪他昨晚大笑了一通。当时他的手下发现了煤焦油，所以马上通知了四十面相，四十面相想到了这个妙计，所以开心极了。我当时还在想，有什么可笑的……"

　　庄二郎读了四十面相的信，终于明白了昨晚到底是怎么回事。

　　小林随庄二郎来到客厅，吃了些点心后便回明智侦探事务所去了。

―钟楼上的怪人―

接下去的两周风平浪静。

有一天,住在钟楼里的园田良子做完功课后,拿着望远镜登上了钟楼。钟楼一共有五楼,良子打算去四楼,她想在高处眺望远方。

登高远眺,良子甚至能看见好朋友淡谷纯子的家。虽然相隔了三百来米,但纯子也时不时地用望远镜朝良子家看。

有时良子和纯子会用望远镜对看,然后通过挥舞手帕来传话——手帕包含了许多意义。

这一天,良子盼望着纯子会同样用望远镜看向自己。良子慢慢地向上爬,当她爬到三楼的时候,发现钟楼上好像有人。

钟楼的五楼是钟表房,四楼是良子用来眺望远方的地方,现在良子所在的三楼,有一个红色的身影闪现了一下,又不见了。那个身影好像往四楼去了。

"咦,是谁?哥哥不会穿那么红的衣服吧?"

良子来到楼梯口,向上一看——啊!是他!

有一张人脸也在朝她看,那张脸她见过。他戴着一顶红色的帽子,脸上涂得雪白,只有鼻子和嘴唇是红色的,他就是那个小丑!

良子吓得动不了,也喊不出声。

小丑对着良子笑了笑,马上消失了。

这下良子稍微能抬腿了,她拼命地跑下楼,二楼……一楼……

良子来到楼下,撞见了哥哥丈吉。

"良子,怎么了,脸色那么差。"

"哥哥,不得了,那个小丑在钟楼上!就是之前绑架了纯子的那个小丑!"

良子气喘吁吁地说道。

"你说什么？那个小丑在钟楼上？我去看看！"

丈吉说完便冲上钟楼。

钟楼的一到四楼都是一个个普通的小房间，而五楼则是一整间钟表房。丈吉把一到四楼的房间全检查了一遍，没有发现小丑，那么小丑一定是躲在钟表房里了。

丈吉悄声爬上五楼，探出脑袋四下张望。这个房间就是钟表的机芯，它的齿轮是普通摆钟的几千倍，巨大的钟摆不停摇摆。

如今的大钟都是用电的，但这个钟是很早以前造的，所以是机械式的。巨大的钟摆不停摇摆，以此来转动齿轮。

最大的齿轮直径有一米左右，还有许许多多的中型齿轮、小型齿轮。有些转得快有些转得慢，永不停歇。

齿轮之间有缝隙，通过缝隙能看见一个红色的身影晃来晃去。

丈吉见了，立刻明白这就是小丑穿的红色

衣服。

丈吉屏息凝神，他在另一个缝隙间又瞧见了红色的身影。

"是谁！快出来！"

丈吉大吼一声。

突然安静了下来，小丑可能也屏住了呼吸。

"到底是谁？快出来！"

丈吉又吼了一声。仍然没有人回答。

若是普通的少年，这时已经害怕得逃跑了，然而丈吉十分勇敢，他没有逃，他决定要抓住这个小丑。

丈吉走进钟表房内，通过齿轮之间的缝隙观察小丑。

齿轮之间的缝隙很小，很难看清。这时，丈吉发现有一块缝隙好像被什么东西给遮住了——仔细一瞧，这不是眼睛吗？小丑也通过缝隙在看丈吉。

两人互相打量着，谁知小丑突然不见了。

他是不是逃跑了？

丈吉鼓起勇气，追上前去。

这间房间被机芯占据了大部分地方，只有一条小路可容人通行。

丈吉在齿轮之间穿梭，终于抵达了刚才小丑所在的位置，可是小丑已经不见了，他躲到哪里去了？

— 表 盘 —

这间房的外面，三面都是表盘，前面、左面、右面都是直径五六米的巨大表盘，时针和分针不停地转动着。

三个表盘的轴心汇成一点，大约在两米不到的高处。

轴心下方，四点和八点的数字附近有两个洞，普通钟表没有这种洞，这个洞是为了模仿老式座钟上发条的孔，特地开的。而且这个孔刚好够探出脑袋，可以观察外面的情况。

刚才小丑就站在表盘和机芯之间，现在已经不见了。

"哈哈哈哈……丈吉，你知道我在哪里吗？哈哈哈哈哈……"

钟表房里响起了恐怖的笑声。

这个声音是从哪里传来的？丈吉竖起耳朵听，但声音消失了。

"是不是从外面传来的？"

丈吉突然想到，表盘上的洞很大，小丑可是个会使魔法的人，他说不定早就已经出去了。

丈吉决定张望一下外面的情况，他把脑袋伸进靠近四点的洞里。

这里是五楼，从这里看出去的景色很好。

丈吉能看见淡谷纯子被拐走的那片树林，树林对面是一座座房子，纯子的家也在那里。

远处是某个百货商店的高楼，透过云层还能看见富士山的尖顶，真美。

可是丈吉不管怎么张望，都没有发现小丑，往下看也只能看见红砖。

就在这时，丈吉觉得脖子上好像多了一块东西。

什么东西掉在自己脖子上了？！丈吉吓了一跳，

想收回脖子,但怎么也动不了。这块东西令丈吉无法收回脖子。

丈吉的手伸不出去,所以无法搬动脖子上的东西。他使劲抬起脖子,可脖子上的东西纹丝不动——其实那块东西正在慢慢下降。丈吉终于醒悟过来了,原来是分针的指针压着他的脖子了!

现在应该是下午三点多,分针刚好走到二十二或者二十三分的地方,丈吉就把脑袋给伸出去了。

分针的指针长两米半,宽三十厘米,是一块大铁片,光凭丈吉的力量,是无法搬动的。

每当钟摆摆动一下,都会牵动齿轮转过一格,齿轮每转过一格,都会令分针往下转动一些。

两分钟之内,丈吉必须想办法抽出脑袋,不然的话……

丈吉想到这里,大惊失色,他只能大声求救:

"快来救我……快点来人……我被卡在洞里了……救命啊……"

小丑可能还在钟表房里躲着,他会救自己吗?

让时钟停下,并且反方向拨动表盘,丈吉就能获救——小丑会这么做吗?

说不定,让分针降下的,就是小丑!是他故意拨动表盘的吧!

丈吉害怕得紧闭双眼,不敢喘大气。

── 望 远 镜 ──

　　就在刚才，淡谷纯子也有些想园田良子了。其实她们才刚刚放学，分别没多久，但纯子就是很想良子。
　　于是纯子拿出望远镜，从二楼的窗户向外看。
　　纯子觉得，只要自己向钟楼看过去，就能看见良子。
　　纯子打开窗户，调好焦距，观察钟楼。往常良子一般是站在钟楼四楼挥舞手帕，所以纯子把望远镜对准四楼。
　　四楼的窗户关着，纯子什么也看不见。
　　然而就在四楼的上方，好像有什么东西在动。纯子觉得奇怪，于是抬高了望远镜，谁知竟然看到了奇怪的一幕。

望远镜的那头是一张大表盘,表盘下方有两个洞,是用来上发条的洞吧。其中一个洞里竟然有一个脑袋!

"咦,那个人不是丈吉吗?"

纯子吓了一跳。

"不得了,分针的指针马上就要落下来了,得赶紧把脑袋缩回去呀!"

分针正在一点一点地走时,丈吉好像还没有发现。

"分针已经碰到丈吉的脖子了!丈吉发现了,他想收回脖子……不行,太迟了,丈吉好像在喊……哎呀,该怎么办才好?"

纯子是个聪明的女孩,她立刻扔下手中的望远镜,跑下楼来到电话机旁,打电话给园田家。

表盘上,丈吉脖子上的分针正在缓缓下降。

刚才丈吉只是感觉被压着,现在已经开始

疼了。

"好痛，怎么办，谁来救救我……"

丈吉再次放声求救。

然而没有人来救他，虽然父亲在家，但耳朵没那么好，听不见儿子求救。就连一楼的良子也听不见求救声。

快来人救救丈吉吧，神啊，快派个人来吧，救救可怜的丈吉！

淡谷纯子拨通了电话，是一个女孩接了起来。

"你是良子吧？太好了，快点……"

"快点干什么，你是谁？"

良子什么也不知道，所以显得很冷静。

"是我呀，纯子。不得了，你哥哥就快没命了，快去救他！"

"什么？我哥哥？"

"他被困在钟楼的表盘上！表盘上有两个洞，他的脖子伸在洞外面，现在被分针给夹住了！快点去救他吧!"

良子挂断了电话。

"喂,良子,你赶快去救他,明白了吗……"

良子一定是已经飞奔去父亲那里了。

纯子担心得不行,又回到二楼拿起望远镜观察钟楼的情况。

千钧一发之际,丈吉获救了。

多亏了良子及时通知父亲,才救了丈吉。是父亲跑上钟楼拨动了分针。

丈吉已经晕了过去,他躺在父亲身上好一会儿才缓过来。

"醒一醒,你没事的!"

父亲摇了摇丈吉,用平静的口吻说道。

丈吉醒了过来,紧紧地抱住父亲。看来勇敢的丈吉这次也吓破了胆。

幸好丈吉没事,脖子上擦破了点皮,让医生开点药敷上就好了。

丈吉和良子把红衣小丑的事情告诉了父亲，父亲带着书生彻查了钟表房，可没有发现小丑。

"咦，这是什么？"

书生在齿轮上发现了一张纸片。良子的父亲拿起来一看，是一张用铅笔写的纸条。

要想抓我，就是这般下场，请牢记于心。
四十面相敬上

果然，那个红衣小丑就是四十面相！

这么说来，他到底是怎么逃跑的呢？

钟表房里有三面表盘，每个表盘上有两个洞，共六个。钟表房里没有窗，表盘上的洞也钻不过一个大人。可以说这里根本无路可逃。

如果四十面相是从楼梯逃走的，那么途中一定会撞见谁。园田家有不少书生、女佣，他不可能是从楼梯上悄声逃走的。

后来父亲喊来了医生，医生让丈吉休息四五天便可痊愈。

　　这次丈吉能够得救，多亏了淡谷纯子及时打电话来通知。于是良子领着园田一家上门向淡谷家道谢。

　　话说回来，装扮成小丑的四十面相为什么要躲在园田家？他到底在谋划着什么？

— 白 色 幽 灵 —

过了四天，良子的身边发生了一件可怕的事。

良子的房间在二楼，和哥哥丈吉的房间并排，约十平方米，房间中央放着一张小床。

良子睡觉时不会把灯全部关了，她会在床头柜上留一盏小灯。

这天半夜两点，良子感觉身上好像压着什么东西，睁眼一看，枕边有一个白色的东西！

这个东西和人差不多高，没有五官，一身白色。

良子害怕得马上用毯子包住了自己的头。

"良子……良子……"

这个白色的幽灵好像在叫自己名字。

良子紧紧抓住毛毯，浑身发抖。她觉得自己马上就要晕过去了。

"九月二十号,还有七天哦,良子……"

幽灵接着说。

九月二十号是什么意思?今天是九月十三号,离二十号还有七天……这到底是什么意思?

良子害怕得丧失了思考的能力,她不停发抖。

过了没多久,声音消失了,良子拉开一点点毛毯,往外瞧了一眼。

什么也没有,白色幽灵消失了。

良子坐起身,四下张望了一下,什么也没发现。

"是梦吗?应该不是吧,我明明听到了声音。"

良子飞奔出去,来到隔壁丈吉的房间里。

"怎么了良子,现在几点啊……"

丈吉问道。

"有……有幽灵!"

"什么,幽灵?"

"嗯,没有五官,是个白色的幽灵。"

"你是做噩梦了吧?怎么可能有幽灵啊,小傻瓜，我困着呢。"

"可是我好害怕，我一个人不敢睡……"

"胆小鬼，我讲故事给你听吧，走，去你房间。"

丈吉来到良子的房间，一直在妹妹床头讲故事，直到妹妹睡着。

—6、5、4—

第二天一早,良子把昨晚发生的事告诉了父亲和母亲,他们说良子一定是做噩梦了。

可是良子心里清楚,那一定不是梦。

良子记得幽灵对她说:"九月二十号,还有七天哦,良子……"

这天傍晚,良子准备洗澡。她在更衣室里脱下衣服,面前有一面镜子,她一抬头,看见了一件怪事。

只见镜子上用粉笔写着一个大大的数字"6"!

是谁搞的恶作剧吗?良子一看见这个数字,就浑身发抖。

昨晚白色幽灵曾告诉自己"还有七天",那么对今天而言，就只剩下六天了。所以这个数字"6"的意思就是提醒自己还剩六天。

这一定是白色幽灵写的，园田家没有人会搞这种恶作剧。

第二天，良子又看见数字了。

良子在院子里散步，这天天气很好，蓝天碧云，有一只红色的气球从天上飘了下来。

气球应该是漏气了，它掉落在园田家的草丛里。

良子拿起气球看了一眼，突然脸色大变，转身跑回了房间里。

良子这是怎么了？原来在红色的气球上，有一个用白色笔写的数字"5"！

当然，这是还剩五天的意思。

又过了一天，良子在房门口的走廊上看见家里的宠物狗叼着一张纸片。

不知它是从哪里捡到的，良子取下纸片，只见上面是打印出来的一个黑色的数字"4"！

良子不禁大叫一声，扔下纸片，跑回房间里。

良子找到父亲，把事情一五一十地告诉了他。

"这是还有四天的意思，前天是'6'，昨天是'5'，今天是'4'。白色幽灵在通知我们时日不多了。这可怎么办才好呀？"

遇上这种事，良子的父亲只好选择相信良子。

良子的父母亲与哥哥商量了一下，最后决定还是请明智侦探来处理。

他们往明智侦探事务所打了电话，得知明智先生正在仙台出差，所以这次由小林少年出马。

园田先生、丈吉、良子都是第一次见大名鼎鼎的小林少年。他们来到会客室，小林询问案情的口吻就和大人一模一样，和他那张可爱的脸蛋形成鲜明对比。

"良子见到的幽灵应该是真的，是某人用白布罩住自己假扮成幽灵。"

小林少年道出自己的想法。

"可是，这是谁干的呢？良子脾气这么好，应该没有人讨厌她才对。"

园田先生觉得奇怪。

"不，那人应该不是因为讨厌良子才搞恶作剧的。前一阵子让丈吉吃了苦头的小丑，其实是四十面相假扮的。这次的白色幽灵，很有可能也是四十面相。"

听了小林的分析，园田先生表示认同。

"我也觉得可能是四十面相。但是，他为什么要故意吓良子呢，还有九月二十号又是什么日子呢，我一点头绪也没有。小林君，你是怎么想的？"

"我也不知道。对了，园田先生家是不是有什么珍贵的美术品？四十面相就喜欢收集美术品，他时不时会提前预告自己要偷窃什么东西。"

"不，我家并没有什么能入四十面相法眼的东西，所以我才觉得奇怪。"

"原来如此，那么他一定是出于别的什么原因……我想调查一下，也是为了保护良子。园田先生，我可以一直在这里住到九月二十号吗？我来做大家的保镖。

"万一发生什么事,我可以立刻通知警视厅的中村组长,而且我还可以调动少年侦探团和别动队。在明智先生回来之前,这起案件就交给我吧!"

真是太好了,园田先生决定把一切都交给小林少年。

小林少年马上把古色古香的园田家搜查了一遍,但没有任何发现。

到了晚上,小林让良子把床搬进丈吉的房间,他们睡一间,自己则另外搭了一张床睡在良子的房间里。这样隔壁房间发生任何情况,自己也可以马上赶到。

—3、2、1—

这是小林在园田家醒来的第一天早上。

七点,小林刚睁开眼,还在床上发着呆,只听隔壁房间传来尖叫声。这是良子的声音。

小林马上跳下床,穿着睡衣赶到隔壁的房间去。

小林担心良子遇上危险了,打开门一看其实并无大碍。

良子和丈吉都刚起床,他们脸色煞白地说着话。

"怎么了,刚刚是良子的叫声吗?"

丈吉转过头来回答:

"又发生怪事了。良子的手心上,被人用笔

写了个'3',一定是有人趁我们睡着时偷偷潜进来的。"

说完,良子伸出左手给小林看。

他们的房间没有上锁,想偷偷潜进来并不难。但是园田家应该没人会这么做,这一定是外人干的。

可是,窗户关得好好的。如果想从外面进来,必须得砸破玻璃才行。经过调查发现,窗户没有被撬开过的痕迹,不可能有人从外面进来。

这个人到底是怎么进来又是怎么出去的呢?

园田先生十分担心,这天晚上,他决定让丈吉和良子搬到一楼自己的房间里睡觉,为以防万一,左右两间房分别让小林和书生住。

这天晚上八点左右,小林少年准备在睡前绕着这座建筑物转一圈,于是他安静地走在漆黑的院子里。

走着走着,小林来到了钟楼前。小林抬头望去,这座钟楼好像巨人般耸立着。

就在这时，突然发生了一件怪事。

只见四楼的墙壁突然亮了，一个直径五米的光圈照在外墙上，这是从哪里照来的光？就像投影仪一样。

而且光圈里出现了一个大大的数字"2"！

"还剩两天。"

应该是这个意思。

小林赶紧寻找光源。

投影仪应该在围墙外面的树林里。小林决定走出去看个究竟。

可就在小林准备行动的时候，发生了一件令他无法移步的事。

快看，钟楼顶部的避雷针上，有一个白色的东西在旋转！

这时，灯光正好打在那里——和人差不多大的白色物体像风车般不停打转。

小林突然想起良子说的白色幽灵。

"这就是白色幽灵吧，幽灵竟然在避雷针上

打转？

"我记得红色小丑曾经也在避雷针上转过，这家伙这么喜欢打转？看来马上就要发生案子了。"

小林不住地看着。白色幽灵的转速越来越慢，最后停下了。

咦——他正向小林飞过来？！

小林立马捂住脸蹲了下来。

一个盖着白布的人从钟楼上跳下来，飞过小林的头顶，跳到围墙外面去了。

小林马上追着跑出去，在树林里东找西找，可既没有白色幽灵的影子，也没发现投影仪。

钟楼的秘密

小林这天晚上也住在园田家,可是他怎么也睡不着,不停地思考着这起案子。

这段时间,园田家不停地出现恶作剧数字,可是家里的门和窗都锁好了,所以难以想象有人从外部侵入。良子的哥哥丈吉在钟楼上遇险的时候,小丑应该无路可逃才对,可是他却像一阵烟一般消失了。

无论四十面相是多么厉害的魔术师,也不可能突然消失不见。其中一定有什么秘密!

小林躺在良子隔壁的房间里,望着天花板不停地思考。四十面相的魔术到底是怎么变的?一小时……两小时……小林想得脑袋发疼。

"对了！是墙壁！等天一亮，我就去测量墙壁的厚度。四面墙里一定隐藏着秘密通道！"

小林喃喃自语道。说完，他感觉肩头的压力轻了，终于能睡觉了。

第二天一早，小林胡乱洗了把脸，顾不上吃早饭，便借了个卷尺，喊来丈吉，一同前往钟楼的钟表房。

"丈吉，咱们先量里面的长度。你拿着这头，我来拉卷尺。"

量完之后，小林把数据记录在笔记本上。接着他们把四楼、三楼、二楼、一楼的内侧墙壁也量了一下。

"这个钟楼的上下是一样大的，一楼到五楼内侧墙壁的长度相同。好了，接下来我们量外墙吧，外墙应该也是一样长的。"

他们走出钟楼，量了外面的长度。

小林边量边做笔记：

	东墙	西墙	南墙	北墙
内（米）	4.3	4.3	5.0	5.0
外（米）	5.6	5.6	5.6	5.6

小林把笔记本给丈吉看。

"你看，东南西北的外墙是一样长的，也就是说这个钟楼的横截面是正方形。

"可是内侧的长度却很奇怪，东、西是 4.3 米，南、北是 5 米。一到四楼的东、西、南三面墙上都有小窗，五楼的东、西、南三面则是表盘。也就是说，北面的墙体是密不透风的，除了墙还是墙。

"有窗的东、西、南三面墙的厚度都是 0.3 米左右，只有北面的墙体特别厚。我们来算一下，5.6 米减去 4.3 米，也就是 1.3 米，去掉南面墙的厚度，也就是说，北面墙的厚度有 1 米。"

"可是，为什么北面的墙这么厚？"

丈吉觉得很奇怪。

"以前的西洋建筑经常会造一条密道，万一碰到事情可以通过这条密道逃跑。这座建筑物是西洋式的，所以我认为很有可能也有一条密道。再说它过去的主人'丸传'老板可是个出了名的怪人。"

听完小林的说明，丈吉不住点头。

"对，四十面相一定是利用密道逃跑了，所以他才能悄无声息地消失。他在良子的手心上写字的那天，一定也是通过密道进来的。"

"没错，良子曾经见到的那个白色幽灵也是四十面相，他罩了一块白色的布，从密道潜入良子的卧室。

"还有，有一天晚上我看见钟楼上的白色幽灵一下子飞到了围墙外面，其实是他事先准备了一根缆绳，然后顺着缆绳滑下来的。"

"一定是这样的！但是密室的大门究竟在哪里呢？"

丈吉着急地问道。

"密室的大门……乍一看是发现不了的。这道秘密大门一定设置得很好，不容易找到。对了，我们轮流监视吧。他在各处写下了数字'6'到'2',今天应该会现身写'1',虽然不知道他几点行动,但我们一定要逮到他。

"这项行动必须要两个人完成,因为人有三急,总要离开一下。一个人休息了,就由另一个人顶上。"

"是啊,那我们在哪里监视呢?"

"当然是钟楼的五楼,那里最可疑。走,我们去找个藏身之所!"

说完,两人便爬上了钟楼。

—可怕的来信—

小林少年和园田丈吉来到了钟表房,找到了一个藏身之所。

钟表房里有许多齿轮,他们在靠近南面墙壁的地方找到了一块能躺下来的空间。

他们钻了进去,通过齿轮的缝隙观察北面的墙壁。幸运的是,在这里能看得很清楚。

他们躺在那里,时不时地交头接耳。他们轮流吃了早饭、午饭,过了两个小时,三个小时,四个小时,马上该吃晚饭了,可是什么事也没有发生。

"今天可能不会现身了吧?"

丈吉不耐烦了。

"有可能,但我们再等一下吧,说不定晚上会现身。"

小林安慰了丈吉。

又过了一段时间，大约是四点五十分左右，北面有一块墙动了一下。

小林和丈吉握紧对方的手，仔细看着那块地方。

只见北面的墙壁上开了个六十厘米见方的口，从那里现身的，竟然是园田家的书生山本！

小林和丈吉吃了一惊，难道说山本是四十面相的同伙？

不，这不可能。就在十分钟之前，小林去上厕所的时候还碰见了山本。而且山本知道他们两个躲在这里监视。

如果山本真是四十面相的同伙，那么他绝不可能从秘密通道里出来。

（我知道了！这个山本是四十面相假扮的！四十面相可是变装名人，想假扮山本简直易如反掌。）

小林在心里嘀咕。

假扮成书生混进来，这招还真妙。只要别撞见真的山本就行，其他人根本不会在意他。

假山本关上了秘密大门，走下楼梯。

"丈吉，那个人不是山本，一定是假扮成山本的四十面相。我在十分钟之前刚刚见过山本，而且山本知道我们躲在这里监视。"

"吓了我一跳，那就是四十面相的变装吗？可真像！"

"当然，他可是变装名人，他能够变成任何人，连明智侦探也变过哦！"

他们两人爬出藏身之所，来到秘密大门前，推了推门——好像上锁了，门推不动。而且这扇门的边框也模糊不清，和墙体融为一体，不得不令人佩服做工真好！

"我们继续在这里等他回来吧，这样就知道该如何打开这扇门了，然后我们就能够进出自由了。"

小林少年说完，便和丈吉一起重新躲了进去。

过了二十分钟，打扮成书生的四十面相回

来了。

让我们仔细看看,他到底是怎么开门的——两人瞪大了眼睛。

只见假山本面对齿轮,拨动了一格,原来这就是开门的方式。秘密大门开了,假山本走了进去,并迅速关上了门。

过了一会儿,两名少年爬了起来,他们来到假山本刚才站着的地方,拨动齿轮。只听一声细微的声响,门开了。

但是两名少年并不打算马上就进入密道,他们打算先看看假山本刚才都干了些什么再说。

于是小林把手伸向秘密大门,把门关了起来。从外面不管怎么推,都推不开。

"这样我们就知道密道的入口了。我们先下去看看他刚才干了些什么吧。"

说完,小林便和丈吉一起下了楼。

他们来到园田先生的房间门口,看见良子站在走廊上一动不动。

"良子，怎么了……你在看什么？"

丈吉问道。良子好像吓了一跳似的，轻声答道："那好像是文字……"

良子指着院子里。

院子包裹在黄昏的暮色中，仔细看的话，能发现院子的土堆上有一些划痕，这些划痕组成了文字。

小林瞪大眼睛看了看，一个字一个字地读起来。

"明天就是九月二十号了……这个家里马上要发生很可怕的事情……如果你们还不打算离开，可怕的事情将接二连三地发生……最终，园田家的人会全部消失……"

土堆上竟然写着如此可怕的事。

丈吉马上把这件事告诉了父亲。园田先生也来到了院子里，目睹了这个可怕的"预告"。

"竟然在我家的院子里写下了恐吓信，四十面相到底是怎么进来的？"

"其实，事情是这样的……"

小林把秘密通道的事以及四十面相化装成书生山本的事都告诉了园田先生。

"原来是这么回事，难怪大家都没发现。对了，他所说的可怕的事到底是什么？"

"我觉得良子可能会有危险。"

"什么，良子？"

园田先生一脸严肃地望着小林。

"不过，今天还不要紧，因为四十面相一定会遵守约定的。我得抓紧时间，去通知警察和少年侦探团。好了，我出去一下，大约一个半小时之后回来。保险起见，你们尽量看着良子。"

说完小林便走了，过了一个半小时，他笑嘻嘻地回来了。

"我已经联系了警察，也让别动队待命了，放心吧。我打算去秘密通道里看一看，这样就能知道到底通往哪里了。"

小林回到自己的房间，换了一身装束。

紧身的灰色衣服、灰色面罩、灰色手套、灰色袜子、灰色靴子，总之是一身灰。换完衣服，小林跟丈吉交代了一件事。

"我现在就去钟楼上的秘密通道，如果我一个小时以内没有回来，你就替我通知警察。一个小时之后，警视厅的中村组长应该带着警员来了，你告诉他们就行。"

"你一个人行吗？不如等警察来了再一起行动吧。"

丈吉十分担心，可是小林却说：

"没事的，我一个人行动更方便。要是身边有个成年人，不是很容易暴露目标吗？你放心吧，我身经百战。"

小林来到钟楼的五楼，打开秘密大门，进入了漆黑的通道。

—良子的危机—

丈吉提心吊胆地等待着小林归来。

过了五十分钟左右,秘密大门终于开了,小林回来了,并和丈吉说了好一会儿悄悄话。

丈吉听完,激动地看着小林。

"太好了,要是一切顺利就好了。你确定没问题?"

"没问题,我经历过类似的事。"

小林笑嘻嘻地答道。

不久之前,警视厅的中村组长带着五名警员来到了园田家。中村组长让五名警员看好大门和院子,自己来到一楼的接待室,仔细询问事情的经过。

小林脱掉一身灰色的行头，也来到了接待室。中村组长和园田先生、小林少年秘密商量了许久。

晚上九点，中村组长留下五名警员，自己坐车回去了。车上除了司机和中村组长，还有一个穿着一身灰色衣服的少年。

这名少年和小林进入秘密通道的时候穿着一样，但并不是小林。小林此刻正在园田先生的家里。而且这名少年比小林矮小许多，应该是小林把这一身行头借给他的吧。

这名被中村组长悄悄带走的少年，究竟是谁？各位看官，能猜得到吗？

这天晚上，园田家里发生了一件怪事——良子搬回了二楼的寝室。

良子的房间本来在二楼，紧邻哥哥的房间。自从白色幽灵在良子的手心上写下数字"3"，园田先生就让女儿良子和儿子丈吉搬到一楼自己的房间一起睡，因为觉得二楼的房间太危险。

可是这天晚上，良子怎么又回到二楼的房间了呢？隔壁的房间里，住着丈吉和小林。

原来是小林让园田先生这么做的。可是小林究竟为什么要这么做？

而且，小林特地叮嘱，二楼的房门不要上锁。

这么做，等于是在邀请四十面相进房间！小林这么做一定有他的道理吧？

这天晚上十二点多，白色幽灵终于现身了。

白色幽灵悄悄地从钟楼上下来，来到二楼良子的房门口。

白色幽灵轻声打开门，走了进去，良子浑然不知，睡得很熟。

现在十二点多了，所以已经是九月二十号了。四十面相信守了承诺，他打算在园田家干一票大的。

白色幽灵来到床边，看看良子的脸，良子依旧熟睡着。

只见白色幽灵取出一块手帕，突然往良子的嘴里塞去——

良子醒了过来,看到眼前的幽灵,吓得瞪大了眼睛。

她想喊,可是喊不出声音。

幽灵用毛毯包裹着良子抬了出去——幽灵的力气可真大!

良子急得不停扭动身子,可抵不过幽灵的力量。

幽灵飞快地抬着良子来到了屋顶。

就在这时,响起了口哨声。

睡在良子隔壁房间的小林来到走廊,吹响了口哨。小林穿着白天的衣服,他应该根本就没睡吧。

小林边吹口哨边跟着幽灵来到屋顶。听到口哨声的五名警员马上赶了过来。

白色幽灵开始往钟楼上爬了。

"他拐了良子爬上钟楼了!在五楼有一个秘密通道,我们快追,他一定是要通过秘密通道溜走!"

小林大声告诉警员们。

于是五名警员紧跟小林爬上了钟楼。

从二楼到三楼,从三楼到四楼,从四楼到

五楼。

然而就当大家爬到五楼的时候,白色幽灵已经不见了。他一定是已经进入秘密通道逃走了。

小林转动齿轮打开了秘密大门——只见一块墙壁移动了起来。

"从这里进去。"

说着小林第一个走了进去。

警员紧随其后。

秘密通道是一个很窄的天井,有一排铁做的梯子一直通往下方。底下一片漆黑,什么也看不清。

一名警员从兜里取出手电筒,点亮了四周。

大家跟着小林慢慢爬下了梯子。

从五楼到四楼,从四楼到三楼,从三楼到二楼,最后从二楼到一楼。

"梯子断了!"

小林大喊一声。

只见从一楼到地下室的梯子不见了。应该是四十面相为了不让别人追上,故意拆除了。

四米的悬空距离,就这样跳下去的话,一定会受伤。

"我们来学猴子爬树吧。"

一名警员提议道。他抓着梯子的最后一根铁棒,整个人悬在半空中。

"小林,你从我身上爬下去,然后抓着我的腿,这样你离地下室的地面应该很近,你试试能不能跳下去。"

猴子想下树的时候,也是这样相互帮助的。这名警员一定是想借用猴子的智慧。

小林抱着警员慢慢往下爬,最后抓着警员的腿,试着往下跳。

没想到,地面就在小林的脚底下,小林感到很吃惊,原来这么轻易就下来了,猴子的智慧可真厉害。

"且慢,房门锁着。这里很小,只能站一个人。我先开门吧,你们稍等。"

小林说完,便从口袋里掏出钢笔大小的手电

筒，照亮了房门。

房门关得很牢，怎么也推不动。这下，小林昨晚作为先锋部队在此调查出的情报就派上大用场了。

如果小林昨晚没有进来，那么小林和警员们便要在此耽搁了。

小林将手电筒对准房门上方，只见有一个小小的凸出的圆点。

小林昨晚已经试过了，只要按下这个圆点，房门就会打开。

他毫不犹豫地按下圆点，房门静悄悄地打开了。

"好了，大家下来吧！"

小林一转身就进入了地下室内。

— 三 个 替 身 —

　　小林少年和五名警员走进地下室，这是一条漆黑的走廊。他们打开手电筒查看，发现地板、墙壁、天花板都是红砖，到处都长满青苔。看来这个地下室的年头很久了。

　　六个人往里走着，只听一阵大笑声。

　　"哈哈哈哈哈……"

　　他们把手电筒对准笑声的源头，发现走廊尽头有一间房门开着，房间里面站着一个奇怪的人。

　　一个男人穿着黑色紧身衣、披着黑色大斗篷、戴着黑色眼镜、头上还长着两个角！

　　"他就是蝙蝠男！"

　　小林一眼就看出来了。这一系列案件的源头就是站在钟楼上的蝙蝠男。

"他应该是四十面相假扮的,快把他抓起来!"

五名警员立刻抓住了蝙蝠男。

然而,蝙蝠男竟然毫不抵抗,就这样被抓了。

"哈哈哈哈哈……我可不是四十面相,他的替身多了去了。四十面相的确假扮过蝙蝠男,但今天却不是他哦!我只是他的替身,放手吧,哈哈哈哈……"

蝙蝠男不住地笑着。

"先把他绑上吧,别让他跑了。"

警员们围着蝙蝠男,把他的手和腿都牢牢地绑上了。

他们继续前进,又有一扇门开了。

"嘿嘿嘿嘿嘿……"

大家再次听到一个奇怪的笑声。

小林和警员把手电筒对准发出笑声的人。

站在那里的是红色小丑。他曾经在避雷针上不停旋转,还在树林里拐走了淡谷良子。

"你是四十面相吧!"

警员怒吼一声。

"嘿嘿嘿嘿嘿……我不是,我只是一个小丑。四十面相的确假扮过小丑,但今天却不是他哦!我只是他的替身,嘿嘿嘿嘿……"

说完,小丑开始表演起木偶舞蹈了。

不用说,小丑也被警员们牢牢绑上了。

他们继续前进,又来到了一间房门口。

果然,又听到了一阵怪笑声。

"嘻嘻嘻嘻嘻……"

只见一块白色的布从天花板上慢慢飘落,定睛一看,是一个罩着白布的人!

他就是白色幽灵!

"你就是绑架了园田良子的家伙吧!快把良子交出来,不然有你好受的!"

警员怒斥道。

"绑架了园田良子的人是四十面相,我虽然现在扮作幽灵,但只是四十面相的替身!那天从钟楼顶上飞下来的人是我,但绑走良子的人是四十面相哦,嘻嘻嘻嘻嘻……"

"把他也给我绑了!"

警员冲上去揭开那块白布,只见里面的人穿着毛衣和休闲裤,看上去二十五六岁左右,他一定也是四十面相的手下。

警员把他绑了起来,丢在地上。

这样一来,四十面相的三个替身就全部归案了。他们三个全都是钟楼上的魔术师。他们在钟楼顶部的避雷针上打转;像蝙蝠似的从钟楼顶部通过缆绳飞下来;在钟表房里突然消失得无影无踪……他们通过这些诡计企图玩弄警察、明智侦探、少年侦探团。

可是,这三个人只是替身而已,真正的四十面相应该还躲藏在某处。小林少年和警员们决定继续前行。

他们已经穿过了三扇门,虽然每一个房间都不大,但往前走应该还有房间。看来这个地下室的秘密真不少。

没过多久,他们来到了一扇华丽的门前。这扇门的背后一定是个大房间。

小林走到门前,好像到别人家做客一样,敲了敲门。

"请进。"

谁料门后面的主人也十分客气。

小林打开房门,来到屋内。五名警员也跟着他进去。

六个人刚一进门,就被眼前的景象给吓到了。他们齐声惊呼,呆站着不动。

来到这个房间就像进入了童话故事,或者说,是在做一个美梦?

在这个宽阔的房间里,墙壁、地板、桌子、椅子全闪着金光,天花板上吊着一个有几百颗水晶的水晶灯,璀璨无比。

一面墙壁上有一整排玻璃橱,里面摆满了雕塑、西洋古董、胸针、手镯,还有许多放着珠宝的盒子。其中最夺人眼球的是一顶王冠，金色的底座上镶嵌着无数珠宝，小林和警员们简直看傻了眼。

各位看官，对于这个房间有没有印象？之前好像在哪里看到过吧？没错，就是淡谷庄二郎带着珠宝去救纯子的房间。这里的黄金桌子椅子、水晶灯、王冠，和之前庄二郎见到的一模一样。

可是，那次庄二郎是在钟楼反方向的八幡神社里上了四十面相的车，开了半个小时才抵达目的地的。那么遥远的地下室怎么搬到这里来了？

就在小林不住地思索这个问题时——

"小林啊，你身后的几位都是警官吧？可把你们给盼来了！来，到这里来。"

一个男人坐在金色桌子的那头，冷静地招呼大家。

小林这才注意到这个男人。他看上去三十岁左右，穿着黑丝绒的衣服，戴着黑丝绒的贝雷帽，仪表堂堂。

"我是小林，我身后的这五位是中村组长的手下。你就是四十面相吧？"

小林慢慢地走过去，瞪着那个男人。

"没错，我就是四十面相。没想到你们还挺厉害，真的找到这里了。发现秘密大门的人是小林吧？"

"是的，我什么都知道！"

"什么都知道？比如说呢？"

四十面相嬉皮笑脸地问道。

"比如说，这个房间就是你曾经蒙住淡谷庄二郎的眼睛，带他来的地方。他和我说过房间内部的细节，和这里一模一样。"

"是吗？可是那次他明明坐了三十分钟的车才到达目的地，这里离他们家不过三百米而已呀。"

"是你故意的。你故意让车子绕路，开了三十多分钟才抵达。那辆车一定是在哪里转了几圈才回到原地。淡谷庄二郎和纯子都被蒙住了眼睛，所以他们并不知情。我是刚刚才想明白的。那天我在你的车底下装了煤焦油的瓶子，如果没被你察觉，我早就能发现这个秘密了……"

"哈哈哈哈哈……那次可真有趣,不好意思,是我破坏了你的跟踪计划。你牵着警犬到处追踪,结果却回到了淡谷家,哈哈哈哈……"

"哈哈,没错,那次是我输了。"

小林为了不在气势上输给他,故意大笑了几声。怪盗四十面相和少年侦探之间的对话可真有意思,小林接着说:

"有一天晚上,园田丈吉和良子听到地下室传来纯子的哭喊声,他们特地去地下室找了,可什么也没发现。因为这里和他们家的地下室并不连通。

"虽然这两个地下室都在园田家的地底下,但这个可是秘密地下室,和普通地下室的通道不同。以前造这座房子的人喜欢秘密通道,所以特地造了这样的一个地下室。

"然而这个地方却被你发现了,你把这里当作你的秘密巢穴,精心布置了一下,摆满你偷来的美术品和珠宝。

"只要利用这条通道，便可轻易地让蝙蝠男和小丑突然现身在钟楼顶上。

"然而园田先生却买下了这座钟楼，这是你没有预料到的。这样一来，你便无法像往常那样为所欲为了。你很担心被人发现这个秘密地下室。

"所以你一心想赶走园田一家。你先是假扮成白色幽灵，又绑架了良子。怎么样，我说得没错吧？"

"一点也没错，不愧是小林，真聪明。你们是来抓我的吧？没这么容易哦，我手头可是有良子这个人质的。你们若是抓了我，良子的小命可就不保了。哈哈哈哈哈……怎么样，要不要抓我？"

说完，四十面相从口袋里取出一支金色的手枪。这支手枪十分应景，和房间一样金光闪闪。四十面相站起身来，慢慢地走向房间的角落。

房间的角落里有一个大衣橱，四十面相手持手枪，打开了橱门。

衣橱里挂满了四十面相平时穿的衣服。衣服的后面蹲着一个人——好像是被堵着嘴巴、绑着手脚的良子。

四十面相拨开了前面的衣服,让大家能看清楚良子。

没想到,四十面相惊叫了一声,后退了几步。这到底是怎么回事?

原来衣橱里的人不是良子,而是穿着白衬衫的少年!

"你……你是谁?"

四十面相惊呆了。

"我是少年侦探团的吉村菊雄,是小林的亲戚!"

仔细看的话,其实吉村少年的脸蛋十分清秀,就像女孩子一样。而且他好像化了妆,唇红齿白。

吉村和良子有几分相似,所以他戴着假发假扮成良子睡在良子的房间里。四十面相根本没料到自己拐走的是良子的替身。

各位看官,你们应该猜到了吧,刚才穿着灰色的衣服坐着中村组长的车离开的人,才是良子。良子现在正由中村组长保护着,十分安全。

衣橱里的吉村少年把自己脱掉的良子的衣服和假发拿起来给四十面相看。

"这么说的话,我拐走的良子其实是你假扮的?"

四十面相终于醒悟了过来,他十分懊恼。

"哈哈哈哈……你不是变装名人吗?你怎么没看穿别人的变装呢,哈哈哈哈……"

听到小林嘲笑自己,四十面相根本无力还击,他恶狠狠地瞪着吉村少年。

"我不是把你给绑起来了吗?你是怎么挣脱的?"

"我学过如何背手解绳子,只要手上的绳子解开了,我就自由了。"

吉村得意地说着,走出了衣橱。

就在这时,一名警员突然冲上前护着吉村把他领到了大家身后。

吉村的周围有五名警员,四十面相已经拿他没办法了。

"四十面相,你无路可逃了,乖乖戴上手铐吧!"

四名警员一起拿出手枪,对准四十面相。还有一名警员拿着手铐,慢慢走向四十面相。

"哈哈哈哈哈……你们想给我戴手铐?太可笑了!要是你们有这个能力,尽管来吧。"

四十面相边说边往后退,直到背靠在金色的墙壁上。

这时,响起了一个奇怪的声音。

大家倒吸了一口气——四十面相突然消失了!好像变魔术一样,就这样不见了踪影。

— 直升机 —

　　小林少年和五名警员马上跑到四十面相消失的墙壁前，他们想找出这面墙壁的秘密。

　　仔细一看才发现，原来墙壁上有一条很细的线，应该是门缝。一定有开关可以开启这道门！

　　小林到处寻找，终于在墙壁和地板的交界处找到了一个金色的按钮。

　　小林果断地按下，只见一小块墙壁向前倒下，出现一个洞穴，洞穴里漆黑一片。

　　小林、吉村、五名警员弯着腰走入洞穴内。

　　小林打开手电筒照亮前路。这条路很长，好像是隧道，一直向前延伸。在隧道里勉强可以直起身子。

小林走在最前面，走了十五米左右，他们来到一条比较宽敞的通道，尽头是楼梯。

这条隧道的一头是金光闪闪的房间，另一头是楼梯，这个楼梯应该是通往地面的，大家毫不犹豫地开始爬楼梯。

爬着爬着，头顶上出现一个圆形的洞口，洞外透进来些许亮光。虽然现在是半夜，但地面上总比地底下亮。

大家从洞口爬出去，发现这里是钟楼附近的平地。这里长满了草，还有许多低矮的树丛。通往地下室的入口就在树丛中间。

此时天空中繁星点点，高大的钟楼仿佛耸立在空中。

他们所处的地方全是平地，只见一台直升机停在平地上。

"快看，那是直升机！四十面相一定是想乘直升机逃跑！"

一名警员大叫一声。

以前在别的案子中，四十面相也乘过直升机，所以大家一看见直升机就明白了，那一定是四十面相的。

"快上！"

两名少年和五名警员同时向直升机跑去。

然而已经迟了，直升机刮起一阵阵强风，慢慢升向空中。

砰……砰……砰……砰……砰……

五名警员开始射击，可看样子没打中，直升机毫发无损，不久就升上了天空，消失在云层里。

警员们十分失望，他们坐在草地上一声不吭。

咦，小林好像并不怎么失落。

"四十面相跑不了的，大家放心，用不了多久就能抓住他了。"

小林安慰着警员们。

过了没多久，远处出现了一团亮光，应该是车子的大灯。光线很亮，肯定不止一辆，他们越来越近。

原来是两台涂成白色的警车,警员们站了起来,纳闷地看着。

两台警车停在平地上,好几名警员下了车,其中也有中村组长的身影。

话分两头。一台直升机不停地在平地上方打转,开直升机的人是四十面相的手下,四十面相坐在他旁边。

"你在搞什么?为什么不停地打转?快开,你知道我们的目的地吧?"

四十面相骂道。

这时,四十面相的身后发生了一件怪事。

后座上放着一只大箱子,箱子上盖着一块军绿色的帆布。只见帆布动了起来——突然,从里面伸出了一只手!而且这只手上握着手枪!

手枪贴在了四十面相的后背上。

"啊!"

四十面相吃了一惊,回头一看,帆布里面钻出了一个人！那个人快速搜了四十面相的身，拿走了四十面相口袋里金色的手枪。

"你是什么人？！"

"四十面相，你竟然已经忘了我？我们才见过面呀！"

穿着黑裤子黑衣服的男人拿枪指着四十面相，笑嘻嘻地说道。

"你……你是明智小五郎？"

"没错，而且现在在开飞机的人，不是你的手下，而是我的同伴。你的手下早就被我们绑着丢在草丛里了。"

"什么……这个人也是替身？"

四十面相今晚吃了不少替身的苦。刚才是假的良子，现在是假的手下。

"四十面相，你往下看看，现在下面有两台警车，他们开了探照灯，我们马上会降落在光圈中。对了，中村组长也来了。"

这样一来，四十面相放弃了抵抗，他垂头丧气地坐着。

直升机停在了探照灯的光圈之中。接近地面之后,就能看见中村组长领着众多警员威风凛凛地站在草丛里。

小林少年和吉村少年也在一旁。

咦,怎么还有十来个小孩在到处乱跑?

这大半夜的,是谁家的孩子?

原来是少年侦探团的分支——别动队!他们原本是没有收入无法上学的孩子,现在他们归小林管,已经正式收编为别动队成员了。

这天晚上,他们也赶来帮忙。他们藏在草丛里,一直密切关注着四十面相及其手下的动态。

直升机一停下,众多警员就围了上去。他们抓住刚从直升机上下来的四十面相,给他戴上手铐。

园田先生穿过警员来到明智侦探的面前,他儿子丈吉跟在身后。

园田先生紧握明智侦探和小林少年的手,不停地道谢。中村组长在一旁露出微笑。

"明智先生万岁!"

"小林团长万岁!"

"少年侦探团和别动队万岁!"

少年们团团围住明智侦探和小林少年,高兴地放声大喊。